빵과 수프, 고양이와

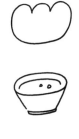

함께하기 좋은 날

셋

빵과 수프, 고양이와

함께하기 좋은 날 —— 셋

무레 요코 지음
이소담   옮김

북포레스트

갑자기 세상을 떠난 사랑하는 고양이 타로가 두 배로 돌아와줘서 고맙긴 한데, 아키코에게는 정신없는 나날의 시작이기도 했다. 시마 씨가 형이라고 알려준 이마에 M자 무늬가 또렷한 쪽에게는 '타이', 동생에게는 '론'이라고 이름을 지어주었다. 묵직한 고양이가 두 배로 늘었으니 원조 묵직한 고양이였던 타로에게서 한 글자씩 '타'와 '로'를 따서 지었는데, 아직 입에 붙지 않아 '타로'와 '타이'와 '론'이 뒤섞였다. 슬슬 기억력이 불안해지기 시작한 아키코는 두뇌 운동이 되겠다고 생각했다.

처음에는 "타이야, 론" 하고 불러도 고양이 형제는 멀뚱멀

빵과 수프,
고양이와 함께하기
좋은 날_셋

뚱 처다볼 뿐이었다. 자기를 부른다고 알아주길 바라서 아키코는 M자가 또렷한 타이를 품에 안고 눈을 들여다보며 속삭였다.

"타이. 네 이름은 타이라고 한단다. 알겠니? 우리 타이. 귀여워라. 꼭 기억해야 한다?"

다음으로 그 모습을 빤히 바라보던 론도 똑같이 안고 "론, 네 이름은 론이야. 기억해줘. 아이, 귀여워" 하고 속삭였다.

고양이들은 포동포동한 몸을 아키코에게 비비며 "그흥, 후구웅" 하고 콧소리를 냈다. 타로 한 마리도 중량감이 대단했는데 그게 두 배가 되니 기쁘긴 기쁘다만, 아키코는 두 마리 중량급의 공격을 받아내느라 "아, 그래, 그래. 알았어, 알았다니까" 하고 말하며 다리에 힘을 줘 버틸 수밖에 없었다.

아침이면 아키코는 묵직한 형제 때문에 잠에서 깬다. 비몽사몽 얼굴에 바람이 부는 것을 느낀다. 다만 자연에서 부는 산들바람이 아님을 본능적으로 느끼고 아키코는 '뭐지? 이게 뭘까?' 하고 꿈속에서 고개를 갸우뚱한다. 그러다가 점점 잠이 깨서 흐리멍덩하게 눈을 뜨면, 아키코 양옆에서 얼굴을 들여다보는 형제의 큼지막한 얼굴이 시야 가득히 들어온다.

"으악, 깜짝이야."

아키코가 눈을 뜨면 형제는 흥분해서 "야옹, 우냥" "우아앙, 우아앙" 하고 난리다. 아키코 얼굴로 불던 바람은 묵직한 형제의 콧바람이었다.

"어쩐지 상쾌하지 않더라……."

자연에서 부는 바람이 아니라 수컷 고양이의 체내를 돌고 돌아 코에서 나오는 바람이다 보니 어딘지 비릿한 냄새도 나는 듯한데, 그런 숨결까지도 사랑스러웠다.

타이와 론은 아키코가 일어나면 기다렸다는 듯이 '밥 줘, 밥 줘, 바압, 빨리 밥 줘!' 하고 재촉한다.

살던 집에서 쫓겨나는 괴로운 경험을 한 아이들이라 금방 마음을 열어줄지 걱정이었는데, 데리고 온 순간부터 원래 이 집에 살았습니다만, 하는 태도로 지낸다. 저세상에서 타로가 원격 조종이라도 하나 싶을 정도다.

"알았어, 조금만 기다려줘."

아키코가 흐트러진 머리를 매만지며 잠옷 차림으로 일어나면 형제는 "우아옹, 우아아앙" 하고 큰 소리로 울며 아키코 주변을 빙글빙글 뛰어다녔다. 아키코가 걸음을 옮기면 타이는 오른쪽 다리, 론은 왼쪽 다리에 몸을 들이받곤 했다. 형제들은 몸을 비빌 생각이겠지만, 하여간 중량급이어서 들이받

히는 감각일 뿐이다.

"응, 그래. 알았다니까."

무슨 일이 있어도 제일 먼저 형제가 설거지한 것처럼 깨끗하게 비운 밥그릇을 헹구고 사료를 계량해서 준다. 바닥에 내려놓기가 무섭게 형제는 그릇에 얼굴을 들이밀고 먹으려고 한다.

"어쩜 이렇게 먹보니?"

형제의 관심은 이미 사료로 쏠려서 아키코가 무슨 말을 해도 반응이 없다. 그 틈을 타 아키코는 화장실에 가서 몸단장하는 흐름이 생겼다.

이 집에 온 다음 날만해도 형제는 아직 깨우러 오지 않았다. 아키코는 타로가 떠난 후부터 지금까지 습관대로 잠에서 깨서 먼저 화장실에 갔는데, 그 소리를 듣고 깬 형제가 화장실 밖에서 "갸옹, 갸옹" "우오옹, 아옹" 하고 이중창을 해댔다.

이어서 화장실 문을 벅벅 긁는 소리가 들렸고, 문 아래 틈으로 앞발 네 개가 불쑥 튀어나오더니 와이퍼처럼 각각 좌우로 움직이며 "우갸앙, 갸오옹" 하고 외쳐대며 필사적으로 바닥을 더듬었다.

"알았다고. 조금만 기다려!"

아키코가 급하게 용무를 마치고 문을 열자 고양이들이 안달난 눈빛으로 바라보았는데, 마치 '왜 우리를 무시하는데!'라며 아키코의 태도를 탓하는 것만 같았다. 타로도 이랬던 것이 생각나서 아키코는 다음 날부터 형제의 요구를 최우선으로 들어주었다.

형제가 사료를 흡입하듯이 먹는 동안 아키코는 고양이 화장실을 청소했다. 대량으로 먹고 대량으로 내보낸다. 건강하다는 증거지만, 고양이 사료도 모래도 타로 하나일 때보다 두 배 이상으로 줄어드니까 재고를 확보하는 것도 고생이었다. 어쨌든 인연이 있어 아키코 곁에 왔으니 다 함께 즐겁고 사이좋게 지내면 좋겠다. 그래도 혈기 왕성할 나이인 묵직한 형제의 박력에는 그저 압도되었다.

밥을 다 먹으면 잠을 잔다. 한번 잠들면 일어나지 않으니 그런 점은 참 편했다. 타로가 있을 때처럼 3층 문을 닫아둬도 밥만 주면 조용했다. 가게 영업을 마치고 2층, 3층으로 올라가면 계단을 올라오는 발소리를 알아차리고 문 너머에서 "야옹" "냐앙" 하고 우는 소리가 들렸다. 문을 열면 두 개의 폭탄이 곧바로 아키코의 몸을 목표로 날아들었다.

그러면 아키코는 부엌이 있는 2층으로 내려와, 자기 저녁은 나중으로 미루고 형제에게 밥을 준다. 이제부터 밥을 먹는 줄 아는 두 마리는 공이 굴러가는 것처럼 계단을 내려간다. 대식가인 두 마리는 아키코가 아침으로 먹는 빵에는 별로 흥미가 없는데, 저녁으로 생선을 조리하면 자기 밥을 배불리 먹었으면서도 '오, 그건 뭐죠? 뭡니까? 아주 구수한 냄새가 나는데요'라고 말하고 싶은 듯이 달려온다.

"이건 안 돼. 타이도 론도 밥을 먹었잖아?"

이렇게 달래도 순순히 물러날 형제가 아니다. 두 마리가 함께 조리대를 올려다보며 "우아옹, 우아옹!" 하고 대합창을 시작하곤 했다.

"안 되는 건 안 돼."

아키코 본심으로는 이렇게까지 먹고 싶어 하면 주고 싶은데, 고양이의 건강을 관리하려면 원한다고 뭐든지 다 주면 안 된다.

"조금 솜씨를 발휘해볼까?"

아키코는 조림으로 만들려던 생선 일부를 썰고, 갓 깎은 가쓰오부시를 조금 넣은 물로 삶아 타이와 론의 스페셜 야식을 만들어주었다.

"우냥냥냥냥."

"옹먀먀먀먀."

형제가 흥분해서 뭐라고 뭐라고 웅얼거리며 삶은 생선 살을 먹었다.

"자, 이제 끝이야."

형제는 만족스럽게 자기 얼굴을 꼼꼼히 닦고, 세수를 마친 뒤에는 서로 얼굴도 핥아주더니 나란히 몸을 동그랗게 말고 쉬었다. 쉬면서도 론은 아키코의 젓가락이 오르락내리락할 때마다 빤히 지켜보았다.

아키코가 저녁을 먹은 후에는 놀이 시간이다. 아키코는 두 손으로 낚싯대 장난감을 들고 두 마리를 뛰게 하거나 굴렸고, 낚싯대 놀이가 지겨워진 눈치면 이번에는 쥐 모양 장난감으로 놀아주었다. 쥐 장난감을 손에 들면 형제의 눈빛이 달라진다. 눈동자 안에서 야성이 출현하는 느낌이다. 자세를 낮추고 허리를 들어 장난감을 응시하고서 엉덩이를 좌우로 흔들기 시작한다.

"자, 가져와!"

아키코가 장난감을 방 한쪽으로 던지면, 두 마리는 엄청난 기세로 쫓아가 앞발을 잽싸게 움직이고 뒷발의 든든한 뒷심을 선보이며 쥐를 붙잡는다. 이어서 해냈다는 표정으로 쥐를 물고 아키코 앞에 풀썩 내려놓고 한 번 더 하자고 조른다.

타이와 론, 방향을 바꿔가며 쥐를 계속 던지다 보면 아키코도 지친다. 그래도 형제는 야성의 피가 들끓어서 도무지 질리지 않았다.

"자, 이걸로 끝이야."

이렇게 말하면 "우앙", "냐앙" 하고 불만 대폭발인데, 두 마리를 옆구리에 안고 착하지, 착하지, 하고 교대로 귀에 대고 속삭이면 금세 기분이 좋아지나 보다. "그르릉, 그르릉" 하고 애교 부리는 목소리를 내며 눈을 감는다. 그러면 형제가 눈을 뜰 때까지 아키코는 근력 운동 같은 자세를 유지해야만 했다.

잘 때는 아키코를 중앙에 두고 내 천 자를 그린다. 타로 때도 코골이가 엄청났는데 그게 두 배니까 기분 좋은 숨소리를 들으며 잠든다기보다 상당히 시끄럽다. 그래도 고양이를 좋아하는 사람에게는 이게 곧 행복한 상태이니 조만간 익숙해지리라 여기고, 매일 밤 형제가 잠든 후에야 잠들었다.

타로가 있을 때도 털이 달라붙지 않게 정성스레 집을 청소했는데, 두 배가 되었으니 더욱더 신경을 써야 했다. 중량급 형제는 주인의 심정을 헤아리기는커녕 대걸레, 청소기, 돌돌이, 걸레질까지 꼼꼼히 청소를 마치고 한숨 돌린 아키코가 보는 앞에서 뒷발로 목덜미를 아주 힘차게 긁었다. 포로롱 날아가는 털이 보인다.

"아아, 아."

무심코 손으로 잡으려고 해도 아키코의 오른손은 허공을 붙잡을 뿐이고 털은 팔랑팔랑 바닥에 떨어진다.

"지금 막 청소했는데."

바닥에 돌돌이를 굴리며 형제 쪽을 보면, 이번에는 해가 잘 드는 창문 옆에서 데굴데굴 구르며 두 마리 다 기분 좋은 얼굴로 몸을 긁고 있다. 마치 누가 털을 뿌리는 것처럼 형제들 중심으로 털이 둥실둥실 날아다녔다.

"아아아."

한탄하는 소리를 내면, 형제는 '뭐야, 뭔데요? 어, 뭐 맛있는 거 줄 거예요?'라는 말이 적힌 얼굴로 아키코를 빤히 바라보았다.

"아니야. 긁고 싶은 만큼 마음껏 긁어."

아키코가 허탈하게 웃으면, 형제는 한동안 눈을 동그랗게 뜨고 바라보다가 먹을 것이 안 나온다는 것을 이해하고 '아, 그렇습니까'라는 표정으로 후웅 한숨을 쉬고서 잠들었다.

아키코가 부엌에서 설거지하며 두 마리를 지켜보면, 둘은 마치 연동이라도 한 것처럼 잔다. 옆으로 누워서 꼭 유령처럼 두 앞발을 구부리고 똑같이 오른쪽을 향하고 잠들었다.

"역시 형제라서 닮은 면이 있나?"

잠시 후, 몸을 움찔움찔하면서 숙면 상태에 들어갔다. 아키코가 소리 나지 않게 선반 청소를 시작하면, 이번에는 두 마리가 크게 코를 골았다. 타이가 "그응, 그응" 하면 론이 "후구궁, 흐궁" 하는 소리를 냈다. 곧 '그응'과 '흐궁'이 밀려왔다가 멀어지는 피도 길어져서 아키코는 웃고 말았다.

"대체 이게 무슨 소리니?"

형제의 식욕은 믿기 어려우리만큼 왕성했다. 타로도 그랬는데, 그 이상으로 요구가 대단하다. 형제가 좋아하는 프랑스 사료도 몸무게로 계산해서 주는 적정량으로는 전혀 만족하지 못해서, 그릇에 담자마자 마치 흡입하는 것처럼 순식간에 먹어치웠다. 특히 론이 빨리 먹는데, 자기 몫을 다 먹으면 조금 느린 타이의 그릇에 고개를 들이밀어 빼앗으려고 든다.

"얘가, 론! 형 걸 빼앗으면 안 되지. 네 거 다 먹었잖아."

타일러도 밥을 눈앞에 두면 론은 말을 듣지 않고 머리를 낑낑 들이밀어 타이를 밀어내려 한다.

"타이도 참, 정신 바짝 차려야지."

타이도 일단은 다리에 힘을 주고 저항하는데, 얼마 지나지 않아 몸이 옆으로 밀려난다. 론은 그릇을 탈취해서 와작와작 경쾌한 소리를 내며 타이의 몫을 먹어치운다. 그런데도 타이는 이빨을 드러내 공격하거나 구슬프게 울지도 않고 어쩔 수 없다는 듯 앞발로 얼굴을 비볐다.

"너도 참 태평하구나."

머리를 쓰다듬자, 타이가 얼굴 비비기를 그만두고 아키코를 올려다보며 "야옹" 하고 울었다. 그러면 론이 "나도 쓰다듬어줘" 하고 성큼성큼 끼어들었다.

"그래, 그래. 알겠습니다."

아키코는 오른손으로 타이, 왼손으로 론의 머리를 쓰다듬었다. 그러면 좌우에서 그르렁그르렁 기쁨의 소리가 들리고, 잠시 후 두 마리는 벌러덩 드러누워 배도 만져달라는 자세를 취했다. 도중에 그만두려고 하면 얌전히 눈을 감고 있었던 두 마리가 고개를 들고 "우갸옹!" 하고 화를 낸다. 이런 행동까지도 하나로 연동된 것 같았다. 아키코는 기쁘면서도 곤란한 기분으로 형제가 만족해서 '이제 됐어요'라는 듯이 꼬리를 칠 때까지 계속 몸을 쓰다듬을 수밖에 없었다.

아키코의 양손은 금세 털로 뒤범벅이 되었다. 털갈이 시기도 아닌데 어쩜 털이 이렇게까지 빠지는지 의아해하며 세면대에서 꼼꼼히 손을 씻었다. 아무리 신경 써서 손을 씻어도 털 한 가닥이 손에 붙어 있을지도 모른다. 그 상태로 손님에게 낼 샌드위치를 만드는 것은 음식을 제공하는 사람으로서 큰 문제였다. 타이와 론이 와서 기쁨은 두 배지만 고생도 그만큼 두 배가 되었다.

"어쩔 수 없지. 털 보고 빠지지 말라고 할 수도 없으니까."

아키코는 바닥에 털썩 주저앉아 연동한 깃처럼 사는 두 마리 고양이를 바라보았다. 묵직한 형제는 콧구멍을 넓게 벌리고 시끄럽게 코를 골며 숙면 중이었다.

시마 씨도 가족이 늘어 허둥거리는 것 같았다. 아침에 가게에서 만나면 아키코가 "어땠어?" 하고 묻는 것이 일과였다.

"그게요, 정말 귀여운데 힘들긴 해요."

그럴 때면 시마 씨는 쓴웃음을 지었는데, 이어서 "이름을 부르면 대답해요"라며 일찌감치 팔불출 모드를 발휘했다. 시마 씨의 고양이는 삼색 고양이가 후미, 하얗고 까만 고양이가 스미라는 이름이다.

"후미랑 스미? 왠지 고풍스러운 이름이다."

"얼굴을 가만히 들여다보는데 그 이름이 딱 떠올랐어요."

시마 씨가 얼굴을 붉혔다.

"아주 귀여워. 좋은 이름이야."

아키코가 칭찬하자 시마 씨가 "고맙습니다" 하고 기쁘게 웃었다.

"아키코 씨 고양이들은 형제니까 사이가 좋죠? 우리 아이들은 피가 통하지 않으니까 영역 쟁탈전을 시작했는데, 이게 큰일이에요."

후미도 스미도 창가에 놓은 선반 위를 좋아했는데, 그 자리에서 맞닥뜨리기라도 하면 싸우기 시작하고 누가 먼저 앉아 있으면 다른 한 마리가 와서 툭툭 건드린다고 했다. 그러면 "우우웅", "아우웅" 하고 큰 소동이 난다는 것이다.

"진심으로 싸우는 건 아닌데 툭하면 다퉈요. 분리형 원룸이라 뭐 대단한 영역도 아닐 텐데 말이에요."

"고양이는 원래 그래. 자기 머물 곳을 확보해두고 싶겠지."

지금은 스미가 우세하다고 한다.

"제가 집에 있을 때는 괜찮은데, 비웠을 때 크게 싸우면 어쩌나 싶어서 너무 걱정이에요. 집에 가면 제일 먼저 고양이들이 어디 피가 나진 않았는지, 털이 잔뜩 뽑히진 않았는지 확인하는 게 습관이 되었어요."

"고양이는 싫어하는 상대랑은 무슨 일이 있어도 잘 지내지 못하니까 그 정도라면 평범한 수준일 거야. 어느 한쪽이 큰 충격을 받거나 하진 않았지?"

"밥은 두 마리 다 그만 좀 먹으라고 할 정도로 잘 먹어요."

"그 정도라면 자매 싸움 같은 거야. 괜찮아."

"그럼 괜찮지만요."

시마 씨가 대답하면서 자기 옷을 보더니 "아, 털이다!" 하고 털려다가 퍼뜩 놀란 표정을 지었다. 기계 안에서 털을 털어도 괜찮을지 고민하며 "어, 어쩌지" 하고 허둥거렸다.

"고양이 털은 골치 아프지. 나도 털의 양이 두 배로 늘어서 어떻게 해야 하나 싶어."

"조심하려고 점착테이프나 돌돌이를 쓰는데요. 아무리 해도 완벽하게 없애지는 못해요."

"그렇다니까. 어쩜 좋을까."

아키코는 가게 안쪽에서 돌돌이를 가지고 와 시마 씨가 입은 스웨터 등 쪽에 굴렸다.

"고맙습니다. 이제 제가 할게요."

시마 씨가 꾸벅 인사하고 양쪽 어깨, 가슴부터 배까지 돌돌이를 굴렸다.

"타로가 있을 때처럼 고양이를 가게에 들이는 일은 없겠지만, 가게에 일단 들어오면 재료를 준비하는 단계부터 한 시간마다 돌돌이를 쓰는 게 좋겠어. 털이 눈에 보이지 않아도."

"왜 이런 데 붙어 있나 싶은 곳에 털이 붙으니까요."

시마 씨가 진지하게 고개를 끄덕였다.

손을 꼼꼼히 씻고 둘이서 렌틸콩과 채소를 넣은 수프를 만들기 시작했다.

"주인 할머니가 제일 나이 많은 고양이를 데려가셨는데요, 왠지 전보다 훨씬 건강해지신 것 같아요. 얘보다 먼저 떠날 순 없다면서 의욕이 넘치세요."

"주인 할머니네 고양이는 몇 살이야?"

"보호하던 사람이 열두 살 정도일 거라고 했어요. 할머니는 1층에 사시는데 우메야, 하고 다정하게 부르는 소리가 들려요. 우메는 마당에 멍하니 앉아 있는데 할머니가 부르시면 아주 귀여운 목소리로 대답해요."

시마 씨는 우메도 자기가 키우는 고양이라도 되는 양 기쁘게 말했다. 아키코도 시마 씨가 사는 연립 주택 자체가 오래된 것을 아는데, 고양이 이름도 어딘지 고풍스러워서 건물과 잘 어울렸다.

"다른 고양이가 울면 아이들이 신경 쓰지?"

"맞아요. 우메 소리가 들리면 우리 아이들은 마당 쪽으로 난 창문으로 폴짝 뛰어가서 아래를 내려다보며 울어요. 지금까지 우메는 대답해주지 않지만요."

시마 씨는 고양이를 키우기 시작하면서 말이 많아졌다. 하루 영업을 마치면, "그럼 가보겠습니다"라고 인사하고 밖으로 나가자마자 잔달음질로 서둘렀다. 최대한 빨리 집에 가고 싶겠지. 고양이들이 알기다이리 곤란하다고 말하면서도 전혀 곤란해 보이지 않는 점에도 웃음이 나왔다.

"아무튼 가족이 늘었으니까 우리 둘 다 힘내자."

아키코는 그렇게 말하며 매일매일 샌드위치와 수프를 만들었다.

가게를 찾는 손님 수에 큰 변화는 없었고, 해 질 때쯤이면 수프가 떨어져서 문을 닫았다. 이 시간부터 북적거리는 상점가인데 아키코의 가게만 여전히 분위기에 역행한다. 아키코가 문을 닫으려고 하면 맞은편 찻집 아주머니가 늘 그렇듯이 다가와서 말을 건다.

"오늘도 일 끝났어? 수고가 많아."

"네, 무사히 마무리했어요."

"이상하게 요즘 하루가 빨리 가. 최근 들어 갑자기 빨라진 것 같아."

"저도 그래요. 눈 깜짝할 사이에 몇 개월이 훌쩍 지나가요."

"매일 뭘 하며 지내는 건지 도무지 모르겠다니까."

"아주머니는 손님에게 맛있는 커피를 만들어드리잖아요."

"그건 그렇지. 그래도 맛을 유지하는 게 중요하니까, 내가 앞으로 뭐 새로운 일을 할 것도 아니고."

"음, 그래도 아주머니는 장인 같은 분이니까 그게 제일 중요하지 않나요?"

찻집 아주머니는 장인이라는 소리를 듣고 조금 기쁜 티를 냈다.

"그런가?"

"그럼요. 정말 대단하세요."

"후후. 날 칭찬해주는 건 아키코 너뿐이야."

"그럴 리가 있나요? 찻집을 찾아주는 손님들은 모두 아주머니의 커피를 마시러 오는 거잖아요. 요즘은 얼마든지 저렴한 커피를 파는데도요."

"응, 감사하게 생각해야지. 그럼 갈게."

아주머니가 찻집으로 돌아갔다. 이제부터는 아키코와 묵직한 형제만의, 그 누구의 방해도 받지 않는 밤이 시작된다.

시마 씨는 고양이 털 문제를 예민하게 신경 써주었다. 아키코가 자긴 노안이라 알아차리기 어려울 수 있다고 말하자, 아직 젊은 시마 씨는 고양이 털 제거 책임자가 되어야 한다고 생각했나 보다. 지금까지도 가게에 돌돌이를 상비해두었고, 재료 준비 전과 후, 또 가게 문을 열기 전에 먼지가 눈에 보이지 않아도 서로의 몸에 돌돌이를 댔다. 덕분에 음식에서 고양이 털이 나왔다는 불평은 단 한 번도 들은 적 없다.

다만 이번에는 아키코 집에 고양이 털 양이 두 배로 늘었고 시마 씨도 전혀 없었던 것이 단숨에 두 배가 되었다. 고양이 털이 섞일 가능성이 네 배가 된 것이다. 앞치마는 미색보다 검은색으로 하는 편이 낫겠다고 의견이 일치했다.

"온몸을 다 새까맣게 할까요?"

시마 씨가 진지하게 물었다.

"그러면 고양이 털은 눈에 띄겠지만 너무 새까만 것도 좀 그렇지."

"음, 그렇겠어요."

"앞치마를 검은색으로 하면, 그렇게까지 신경 쓰지 않아도 될 거야. 우선 앞치마 색을 바꿔서 해보자."

"네, 사실 저는 고양이와 이렇게까지 밀접하게 뒤엉킬 줄은 생각도 못 했어요."

"뒤엉킨다고?"

재미있는 표현이어서 아키코가 웃었다.

"생활 전반이 고양이 중심으로 돌아가요. 지금까지 생활은 대체 뭐였나 싶어서 신기하다니까요."

시마 씨도 아침이면 후미와 스미가 야옹거리는 소리를 듣고 깬다고 했다.

"자는데 멀리서 고양이 목소리가 들리는 것 같아요. 그래도 귀찮으니까 계속 자면 이번에는 몸 위로 올라와요. 한 마리가 아니라 두 마리가 올라오더라니까요. 게다가 더 큰 소리로 와옹와옹, 제가 일어날 때까지 계속 울어요."

"맞아, 우리도 그래."

"그렇군요? 30분은 더 자고 싶은데 일어날 수밖에 없어요. 일어나면 또 일어난 대로 이번에는 다리에 달라붙어서 한바탕 난리예요. 무심코 밟을 뻔해서 놀라기도 하고요. 아무튼 그 아이들은 입에 먹을 걸 넣을 때까지 계속 울어요."

"후후후. 고양이한테는 사활이 걸린 문제니까."

"가만히 있어도 알아서 준다고 말하는데…… . 절 믿지 않는 걸까요?"

"그렇진 않을걸."

아키코는 시마 씨도 완전히 고양이에게 함락당한 것이 재미있었다. 후미와 스미는 밥을 먹고 배가 부르면 한동안 열심히 몸단장에 열중한다. 이제 좀 조용해져서 안도하면, 갑자기 영역 쟁탈전을 시작해서 하악거리며 전투 상태에 들어가 서로 쫓고 쫓긴다. 시마 씨가 두 마리의 관심을 끌려고 고양이 장난감을 꺼내면 눈빛이 또 바뀌어서 집요할 정도로 논다. 시마 씨는 슬슬 지쳤는데도 상관하지 않고 '더 놀 거야', '좀 더, 좀 더'라면서 놔주질 않는다고 했다.

"둘 다 왈가닥이에요. 이제 다 놀았다고 장난감을 서랍에 넣으면 몸에 달라붙어 두 마리가 같이 와옹와옹 울어요."

두 마리가 하도 몸을 비비니까 "아이, 귀여워라" 하고 말을 걸며 쓰다듬어준다. 그렇게까지 해야만 고양이들이 만족한다. 더는 싸우지 않고 잘 자리를 찾아 둥글게 몸을 말고 눈을 감을 때까지, 이렇게 몇 단계를 거쳐야 하니까 하여간 바빠서 정신이 없다고 했다.

"그러다가 제 옷을 힐끔 보면 털이 거기서 자란 것처럼 온통 털로 범벅이에요. 아무리 돌돌이를 굴려도 떨어지지 않는

다니까요. 이 상태로 가게에 서면 큰일이다 싶어요."

시마 씨가 곤란하다는 듯이 말했다.

"어쩔 수 없어. 고양이를 키우는 사람의 숙명이니까. 지금은 아직 괜찮은데 털갈이를 시작하면 더 대단해. 목덜미를 조금만 긁어도 털이 둥실둥실 퍼져."

"지금보다 더 심각해진다고요? 애교를 부리는 건 정말 귀여운데 어쩌면 좋을지 곤란할 때도 많아요."

"괜찮아. 시마 씨는 다정한 사람이니까 후미랑 스미도 다 알 거야."

"어휴, 저도 자꾸만 다 받아주니까요."

"그 아이들도 무슨 말을 하는지 다 알아들어. 안 되는 건 안 된다고 가르쳐주고, 잔뜩 귀여워하면서 많이 말을 걸어봐. 그런다고 털이 덜 빠지는 건 아니지만."

"그렇죠. 갑자기 어린이 두 명을 맡은 기분이에요."

"전에 같이 왔던 그 남자친구는 어때? 그 예술적인 무늬의 고양이랑 잘 지내나?"

"아, 시오요? 걔는 본가에서 고양이를 키웠으니까 익숙해요. 가끔 그 집 고양이, 이름이 아짱인데요, 아짱을 데리고 놀러 오곤 해요."

시마 씨가 조금 수줍은 표정을 지었다. 아키코는 시마 씨와 시오 씨의 관계를 깊이 파고들지 않고 평정을 유지한 채 고개를 끄덕이며 이야기를 들었다.

"그럴 때 후미랑 스미는 어떻게 해?"

"사이 좋아요. 세 마리가 술래잡기하며 마치 스쿼시 공처럼 집 안을 마구 뛰어다녀요."

"그거 다행이네."

"네, 그건 괜찮은데 고양이가 날뛴 다음에는 반드시 뭔가 깨지거나 떨어지더라고요."

아키코는 이 또한 고양이를 키우는 사람이 받는 세례라고 생각했다.

"내려오지도 못하면서 문 위의 좁은 폭에 올라가거나 커튼 레일 위에 올라가거나 하는데, 도대체 무슨 생각일까요?"

시마 씨가 고개를 갸웃거렸다.

"그냥 하고 싶어진 거겠지?"

"그건 괜찮은데 주인을 고생시키지 말아줬으면 해요."

시마 씨는 투덜거렸으나 그 이면에 기쁨이 가득한 것을 아키코는 잘 알고 있었다.

2

아무리 주의를 기울여도 고양이 털은 보통 문제가 아니었다. 아키코는 출근하기 전에 두 마리와 놀아주다가 아이들이 지치면, 고양이와 놀 때 입는 옷을 벗어 세탁기에 넣은 다음에 재료를 들이러 간다. 그 일을 마치고 돌아오면 일하는 옷으로 갈아입고, 고양이와 접촉하지 않았어도 점착테이프가 붙은 돌돌이를 옷 구석구석에 굴린 다음에 가게로 내려간다. 시마 씨도 집에서 출발하기 전에 돌돌이를 몇 번이나 굴리는데, 자세히 살펴보면 앞치마에 하얀 털이 한 가닥 붙어 있곤 했다. 하여간 돌돌이 전용 테이프의 소비량이 어마어마했다. 아키코와 시마 씨는 손님이 없을 때면 서로 전신을 확인하는데, 신기하게도 반드시 고양이 털이 붙어 있었다.

"아무리 떼고 또 떼도 나오네요."

시마 씨가 한숨을 쉬었다.

"정전기 영향도 있나 봐. 고양이가 몸을 긁을 때는 털이 공중으로 훌훌 날아가는데, 의복에 붙으면 잘 떨어지질 않네."

"그러게요. 되게 가는데 어떻게든 떼어내려고 하면 오히려 더 달라붙고요."

"몸에 고양이 털이 붙는 거 주인의 숙명이지만, 입에 들어가는 음식을 만드는 사람으로서 그릇에 털이 들어가는 건 절대로 있어서는 안 될 일이니까. 아무튼 가게에서는 예민하게 확인하자."

"그럼요. 알겠습니다."

그렇게 대답하는 시마 씨의 앞치마 왼쪽 어깨에도 털이 붙어 있었다.

"아앗, 아까 분명히 떼어냈는데. 내가 노안이라 잘 안 보이나 봐. 아니면 이 주변에 털이 날아다니나?"

아키코는 그 자리에 쪼그려 앉아 가게에 들어오는 빛에 의지해 털이 날아다니는지 봤으나 잘 안 보였다.

"안 되겠어…… 일단 돌돌이와 청소를 믿는 수밖에."

28

시마 씨가 고개를 끄덕이고, 먼지를 폴폴 피우지 않으면서 딴 데로 도망치지도 않게 꼼꼼히 가게를 청소하기 시작했다. 아키코는 손을 씻으려고 물을 틀었다가 무심코 손을 봤는데, 왼손 검지와 엄지 사이에 털이 한 올 붙어 있었다.

"아니, 세상에. 이런 곳에도."

물과 함께 고양이 털은 배수구로 사라졌지만, 저것이 음식 재료에 들러붙어 손님의 그릇에 들어간다고 생각하면 등줄기가 오싹해졌다.

평소처럼 찻집 아주머니가 문 앞에 서서 가게를 들여다보았다. 아키코가 "안녕하세요" 하고 인사하며 문을 열었다.

"안녕하세요."

시마 씨도 인사했다. 아침이면 찻집 아주머니는 늘 표정이 언짢다. 처음에는 무슨 일이 생겼나 걱정했는데, 원래 그런 걸 안 후로 아키코는 밝게 인사를 건넸다.

"상태는 어때?"

"네, 늘 변함없어요."

"그게 좋아. 요즘은 변함없는 게 최고야."

찻집 아주머니는 청소하는 시마 씨에게 "정말 훌륭하다니까. 노동자의 귀감이야"라고 말을 걸고 그만 실례하겠다며 자기 찻집으로 돌아갔다.

"고맙습니다."

시마 씨의 인사는 한발 늦어서, 가게 문을 사이에 두고 찻집 아주머니의 등에 대고 고개를 숙였다.

예전과 비교해 오픈 전부터 사람들이 줄 서는 일은 줄어들었지만, 점심때면 남녀노소 가리지 않고 끊임없이 손님이 들었다. 남성들로만 구성된 그룹이 오기 시작한 것도 요즘 들어서다.

"대체 무슨 이유일까요?"

고민하던 시마 씨가 퍼뜩 놀란 표정을 짓더니 허둥거렸다.

"아, 맛이 별로라는 게 아니라요, 지금까지 거의 오지 않았던 남성 그룹이 갑자기 늘었으니까……."

"무슨 뜻인지 알아. 그렇게 당황하지 않아도 돼."

"네."

시마 씨가 어휴 숨을 쉬었다.

"개업 초기에는 여성 손님들이 대부분이었지. 그러다가 커플 손님이 늘었고, 아이와 함께 오는 손님도 계시고. 혼자 오는 남성 손님도 최근 들어서 늘었어."

"저번에는 학생이었고 어제는 회사원들이었어요."

"그랬지."

아키코는 짐작 가는 바가 있었다. 출판사에 다니던 시절, 어디서 인기 있는 책이 한 권 나오면 비슷한 책이 여기저기 출판사에서 나왔다. 다니던 출판사에서도 그런 일을 당한 적이 있고 반대로 한 적도 있다. 아키코 자신은, 이런 모방은 수치스러운 일이라고 인식했으나 회사는 기업으로서 이익을 내야 하는 사정도 있으니 어쩔 수 없을지도 모른다. 그런 책을 담당하지 않아서 다행이라고 생각한 적도 있었다.

남성 그룹이라고 믿지 못하는 것은 아니나, 아키코 눈에는 부자연스러워 보였다. 개업 초기에 딱 봐도 정찰하러 온 듯한 사람들이 왔는데, 지금 또 그런 사람들이 오기 시작했나 보다. 그들은 먹기 전에 샌드위치 속을 이리저리 관찰하고 빵을 들춰보기도 한다. 식욕을 느껴 가게에 오는 남성들은 눈앞에 쟁반이 나오면 보는 사람이 기분 좋을 정도로 덥석 먹는다. 그들은 그러지 않았다.

비슷한 가게가 생겨도 선택권은 손님에게 있고, 그 결과 아키코의 가게가 망하더라도 그건 자신이 부족했기 때문이다. 시마 씨에게는 미안하니 할 수 있는 만큼 최대한 보장하겠지만, 그런 일이 생겨도 어쩔 수 없다고 생각했다.

날씨나 요일에 따라 수프 양을 조절하는데, 여전히 저녁쯤이면 가게는 영업을 마쳤다.

"후미랑 스미가 기다리겠다. 내일은 휴일이니까 느긋하게 놀 수 있겠어."

"아, 네."

시마 씨가 기뻐하며 웃었다.

"요즘 들어 점점 더 응석을 부려요."

"그래? 어떤 식으로?"

"우리 아이들은 자매가 아니니까 다툰다고 해야 하나, 경쟁심이 좀 있는지도 모르겠어요. 제가 집에 가면 고양이들이 현관에서 기다리는데 후미가 먼저 달려들어요. 그래서 일단 후미를 안아 든 다음에 몸을 막 비비는 스미를 만져주는데요, 요즘은 스미도 막 달려들어요."

"엇, 두 마리가 다?"

"그렇다니까요. 그래서 집에 가서 문을 열면 일단 짐을 바닥에 내려놓고 두 팔로 고양이들을 안고서 방으로 들어가니까 근력 운동하는 것 같아요."

"와, 방에 들어간 뒤에는 어떻게 해?"

"무거우니까 방의 낮은 테이블 아래에 깔아둔 조각 매트에 내려놓는데, 이번에는 두 마리가 같이 야옹거리면서 밥을 달라고 졸라요. 부엌에 사료 놓아두는 곳으로 가면 엄청난 기세로 쫓아와서 제 손을 빤히 쳐다봐요. 그럴 거면 현관 옆이 부엌이니까 거기에서 계속 기다리면 될 텐데 제가 집에 오면 일단 품에 안겨서 방까지 간 다음에 다시 부엌으로 돌아오는 게 고양이들의 의식이 된 것 같아요."

"후후. 이리 갔다 저리 갔다네."

"맞아요. 불필요한 움직임이 너무 많아요."

불만이라는 듯이 말하지만 시마 씨는 아주 즐거워 보였다.

"휴일에는 내내 고양이들한테 봉사해?"

"그럼요. 선반에 올려둔 낚싯대 장난감을 물고 와서 제 눈앞에 놔요. 또 다른 날은 쥐 장난감을 가지고 오고요. 누가 알려준 것도 아닌데 어떻게 이럴까요?"

"똑똑하다. 장난감이 어디 있는지 기억하네."

"게다가 도무지 지치질 않아요. 그만 좀 해도 될 텐데 도대체 몇 번을 반복해야 해요."

"그거 너무 힘들지."

"그러면서 제가 안으려고 집요하게 달라붙으면 후다닥 도망가요."

"고양이는 원래 그래. 타로도 내가 안으려고 하면 좀 귀찮아하는 표정이었는걸."

"도망치진 않았어요?"

"그러진 않았어. 참았나 봐."

"귀엽네요. 타로……."

아키코와 시마 씨는 잠깐 침묵했다. 각자의 머릿속에서 타로가 발랄하게 뛰어다녔다.

"그래도 타로가 두 배가 되어서 돌아왔으니까요."

"귀여움도 고생도 두 배야. 오늘도 수고 많았어. 내일모레 또 잘 부탁해."

"네, 감사합니다. 먼저 가보겠습니다."

시마 씨는 평소처럼 예의 바르게 인사하고 돌아갔다. 휴일이면 남자친구가 아방가르드한 고양이를 데리고 와 같이 지내지 않을까 싶었지만, 굳이 묻진 않았다. 자기 연애 이야기를 들어주길 바라는 여자도 있지만, 시마 씨는 그런 타입은 아닐 것이다.

"나도 내일은 고양이에게 서비스하는 날이지."

아키코는 두 팔을 빙빙 돌리며 셔터를 내리려고 밖으로 나갔다. 아키코가 문 닫을 준비를 하면, 의아하게 바라보며 지나가는 사람도 있다.

"저 가게는 벌써 문을 닫네. 아직 이른 시간인데."

"손님이 없나 보지. 이런 시간에 문을 닫다니 말도 안 돼."

젊은 남녀의 목소리가 아키코의 등 뒤에서 들렸다. 돌아보지 않고 셔터의 열쇠를 잠그는데, "오늘도 수고했어"라는 늘 듣는 나직하게 깔린 목소리가 들렸다.

"아, 고맙습니다. 내일은 쉬는 날이에요. 잘 부탁드립니다."

아키코가 고개를 숙였다.

"쟤들은 뭐람. 요즘 젊은 사람은 정말이지 배려라는 걸 모른다니까. 하여간, 저런 태도를 두고 실례라고 하는 거라고."

찻집 아주머니가 얄밉다는 듯이 커플의 뒷모습을 노려보았다. 아키코는 개업 당시에 찻집 아주머니에게서 "벌써 문을 닫으려고?"라는 소리를 귀에 딱지가 앉을 정도로 들었던 것이 떠올라 웃음이 나왔다.

"저도 젊었을 때는 자각도 못 하고 사람들에게 상처를 줬을 거예요. 제가 저랬을지도 모르죠."

"그야 그럴지도 모르지만. 너무 시건방지단 말이야. 참을성도 없는 주제에. 귀여운 면이라곤 없어."

아주머니는 여전히 불만스러운 표정으로 팔짱을 꼈다.

"예전에는 저런 애들을 내가 잘 가르쳐줘야 한다고 생각했는데, 요즘은 나이를 먹어서 그런지 그런 마음도 안 들어."

찻집 아주머니는 한숨을 쉬고 오른손으로 목 왼쪽 근육을 꾹꾹 눌렀다.

"아르바이트생도 있으면 도움 되긴 해. 마작 가게에서 배달 주문도 제법 들어오니까. 이왕이면 아키코네 그 친구 같은 사람이 와주면 좋겠는데. 일하고 싶다는 사람도 있어. 하지만 우리 가게에 오는 손님을 보자마자 됐다고 하는 거야. 뭐가 됐다는 건지 화가 치밀어."

"뭐가 됐다는 걸까요?"

"우리 손님들, 할아버지나 할머니나 아저씨나 아줌마뿐이잖아. 젊은 남자들이 전혀 없어. 그러니까 일하는 게 재미없는 모양이야."

"네? 하지만 아르바이트니까 그런 건……."

"아키코, 요즘은 그게 아니라니까. 이왕 일할 거면 남자도 있는 최신 유행하는 카페 같은 데가 좋대. 애초에 그런 곳의 면접에서 떨어진 아이가 우리 가게로 흘러오는 거지만. 전에 일하던 아가씨도 처음에는 괜찮았는데 다들 어르며 받아주니까 착각해서 들뜨더라. 결혼했으니까 축하할 일이지만. 사람을 쓰는 건 어려워. 정말 아키코가 부러워."

"네. 시마 씨와 만나서 정말 운이 좋았어요."

"소중히 여겨야 해. 부사장으로 임명하면 어때?"

"아하하. 부사장이요? 그러게요, 시마 씨는 그럴 자격이 충분히 있죠."

둘은 오가는 사람들 사이에서 계속 잡담을 나눴다.

"사장님, 오랜만이에요. 마침 근처에 왔어요."

양복을 입은 중년 남성이 말을 걸었다.

"어머, 오랜만이네요. 커피 마시고 가려고요?"

"그럼요."

"고마워라. 이분은 학창 시절부터 20년 넘게 단골로 와주시는 분이야. 취직하고서도 이 근처에 일이 있을 때는 들러주시니까 감사하지. 그럼 아키코, 수고했어."

찻집 아주머니는 가게에 들어가려는 남성의 등을 밀며 경쾌하게 걸어갔다. 아키코는 전에도 젊어서부터 찻집 아주머니의 가게에 계속 다닌다는 손님을 본 적 있다. 찻집 아주머니와 단골손님은 가족 같은 관계일 테니 거기에 젊은 여성이 아르바이트생으로 들어와도 분위기에 익숙해지기 어려울지도 모른다. 엄마 가게의 단골손님들과 아키코가 가족처럼 어울리지 못한 것처럼. 해가 저물기 시작한 하늘을 한 번 올려 다보고 집으로 들어갔다.

3층까지 계단을 올라가 문을 열자, 쿵쿵 소리가 나더니 타이와 론이 돌진했다.

"미안해. 오래 기다렸지?"

무거운 두 마리의 공이 어마어마한 힘으로 굴러와 볼링핀 인 아키코에게 부딪쳤다. 돌진력이 대단해서 아키코는 비틀 거릴 뻔했다

"우아옹, 우아옹."

무엇보다 배가 고프다고 큰 소리로 울어대는 대식가 론이 다. 동생이 울기 시작하면, 형인 타이도 급하게 "아아옹, 아아옹" 하고 울기 시작한다. 얼마 지나지 않아 배가 고프니까 먹을 걸 달라는 대합창이 이루어진다.

"알았어. 어디 보자, 밥을 잘 먹었을까?"

밥그릇을 보자, 두 마리가 협동해서 닦은 것처럼 번쩍번쩍 했다.

"참 잘했어. 전부 다 먹었네."

아키코가 그릇을 설거지하자, 두 마리가 뒷발로 서서 싱크 대 아래의 문에 앞발을 짚고 빨리 달라고 아우성쳤다. "우아

옹"과 "아아옹"의 합창은 사료 봉지를 집어 든 순간 한 옥타
브 올라갔고, 둥그렇게 뜬 눈은 동공이 잔뜩 확장되었다.

"그래, 그래. 지금 줄 거야."

두 마리는 아키코의 존재 따위 알 바 아니고, 이 세상에 사
료가 담긴 자기들 그릇만 존재하는 것처럼 그릇에서 눈을 떼
지 않았다.

"자, 먹자."

아키코가 두 손으로 그릇을 들어 쟁반 위에 놓으려고 하
자, 두 마리가 위를 올려다보며 울어댔다. 쟁반이 아래로 내
려올 때까지 기다리지 못하고 목을 쭉 빼서 그릇에 고개를
들이밀었다. 우걱우걱 소리를 내며 사료를 먹는 모습을 보고,
아키코는 "이건 고양이가 아니야"라고 중얼거렸다.

아무리 봐도 새끼 곰에 가깝다. 살이 찌면 몸에 문제가 생
길 가능성이 커지므로 먹고 싶다는 대로 다 줄 수는 없지만,
두 마리가 전 주인에게 당한 일을 생각하면 지금은 원하는
대로 해줘도 되지 않을까 싶었다. 그래도 앞으로는 제대로 몸
관리를 해야 한다. 이 형제가 타로와 같은 일을 겪는 것도, 자
신이 또 그런 일과 맞닥뜨리는 것도 절대로 싫었다.

형제가 평소처럼 사료를 순식간에 먹어치우고 '다른 건?

어제는 간식 캔을 줬잖아요'라고 말하고 싶은 듯한 표정으로 아키코를 빤히 올려다보았다.

"응? 왜 그러니?"

아키코가 시치미를 떼자 론이 "우우웅" 하고 나직하게 울었다. 비난하는 소리 같다.

"부족하니?"

형제는 아키코를 뚫어지게 바라보았다. 대놓고 '다 알면서 그러네?'라는 표정이었다.

"그러게. 어제도 간식 캔을 절반씩 나눠 먹었지."

아키코가 간식 캔을 들자 두 마리가 또 "우아옹", "아아옹" 하고 큰 소리로 울며 뒷발로 서서 아키코의 몸에 매달렸다.

"우냥!"

"냐아앙"

이번에는 조금 전과 다른 목소리로 합창을 시작했다.

"정말 너희는 다양한 소리를 내는구나?"

아키코가 웃으며 간식 캔을 따 고양이 전용으로 쓰는 금속 버터나이프로 정확히 반으로 잘라 각자의 그릇에 담았다. "웅냐냥냥" 하고 소리를 내며 두 마리가 이번에도 순식간에 간식 캔을 깔끔히 먹어치웠다. 그러더니 또 아키코를 빤히 바라보았다. 그래도 조금 전에 애걸복걸하던 모습과는 다르게 일단 받아먹은 뒤니까 차분한 표정을 짓고서 '괜찮다면 조금만 더 먹을 수 없을까요?'라고 말하는 듯한 태도였다.

"오늘은 이제 다 먹었어."

아키코가 말하자 두 마리는 이해했는지 바닥에 나란히 누워 각자 앞발로 얼굴을 비비기 시작했다.

아키코가 2층의 부엌으로 가자, 형제도 음식 낌새를 알아차리고 쫓아 내려왔다. 저녁으로 파스타를 먹으며 아키코가 두 마리를 지켜보는데, 처음에는 자기 몸단장을 하다가 옆에 앉은 짝꿍의 몸을 핥아주기도 했다. 이것도 형제애일까? 혼자였던 타로는 서로 이렇게 해줄 친구가 없었다. 그런 상대가 되어줄 사람은 아키코뿐이었는데 아무것도 해주지 못하고 그렇게 보내고 말았다. 타로의 사진을 보자 아키코의 눈에 눈물이 맺혔다.

휴지로 눈물을 닦으며 타이와 론을 내려다보자, 아키코의 감상적인 마음은 아랑곳하지 않고 턱이 빠지면 어떡하나 싶을 정도로 "으하아암" 하고 크게 하품하고 데구루루 누웠다.

"너흰 정말 속 편하구나."

파스타에 뿌리려고 냉장고에서 치즈를 꺼내자, 잠들락 말락 하던 형제가 눈을 번쩍 뜨고 벌떡 일어나 식탁 의자에 앉은 아키코의 발 옆에 앉아 "우앙, 야옹" 하고 울어댔다.

"이건 사람이 먹는 거야. 너희는 내일 밥 줄 때 치즈를 넣어줄게. 그러니까 이건 안 돼."

형제는 좀 더 버텼지만 곧 포기했는지 벌러덩 눕더니 어느새 코를 골며 잠들었다. 타이 몸 위에 론이 머리를 얹고 눈을 감았다.

"론도 무거우니까 타이가 잠을 못 자면 어찌지?"

걱정했는데, 타이는 위에 뭐가 올라오든 말든 상관이 없나 보다.

간단하게 저녁을 먹은 아키코가 설거지하고 싱크대 청소까지 마친 후 식후 차를 우리는 동안에도 형제는 깊이 잠들었다. 시험 삼아 냉장고 문을 벌컥 열었다가 닫자, 타이가 오른쪽 눈만 희미하게 떴는데 딱히 맛있는 냄새가 안 나는지 다시 눈을 감았다.

아키코는 형제를 바라보며 차를 마셨다. 엄마가 갑자기 돌아가셔서 혼자가 되었고, 거기에 타로가 와서 둘이 되었고, 그러다가 타로가 떠나서 다시 혼자가 되자, 이번에는 타이와 론과 함께 셋이 되었다.

사람과의 인연도 그렇지만 사람과 동물의 인연도 신기하다. 타로가 떠난 후로는 밖에 사는 고양이들과 어울리며 즐거워했는데, 그렇다고 고양이를 새로 들이는 데 적극적이진 않았다. 입양처를 찾는 단체가 많은 것은 알지만, 아직은 다음 고양이를 받아들일 기분이 아니었다. 그러다가 타이와 론에게는 불행하게도 살던 집에서 끔찍한 대우를 받은 끝에 쫓겨나 사람들에게 보호되었고, 시마 씨 덕분에 이 집에 왔다. 그것도 느닷없이 찾아왔다.

만약 시마 씨가 먼저 "보호 중인 고양이가 있는데 어떻게 하실래요?"라고 물었다면 "나는 아직은 못 키우겠어"라고 거절했을지도 모른다. 시마 씨는 불합리한 이유로 집에서 쫓겨난 고양이들 이야기를 듣고 분개했고, 어떻게든 고양이가 살 집을 찾아주려고 직접 집에 찾아오는 행동에 나섰을 것이다.

"그래도 일단 봤으면 끝이지."

아키코는 잠든 형제에게 조용히 말을 걸었다. 형제는 여전히 코를 골며 깊이 잠들었다. 타이 위에 올라갔던 론이 줄줄 미끄러져서 바닥에 털퍼덕 누웠다. 조금 후에는 네 다리를 활짝 벌려 온몸을 다 드러냈다. 그런 상태로도 눈을 뜨지 않아서 아키코는 자기도 모르게 웃었다. 몸이 가뿐해진 타이도 그르릉 소리를 내더니, 역시 털퍼덕 누워 론에게 달라붙었다. 활짝 벌어진 론의 몸을 통통한 두 앞발로 옆에서 받쳐주는 듯한 모습이다. 차에 곁들여 먹을 간식이 없어도 아키코는 두 마리의 모습을 보면 충분하고도 남을 정도로 즐거웠다.

타로 혼자일 때는 필요 없다고 생각해서 캣타워를 사지 않았는데, 형제를 위해서 캣타워를 샀다. 천장까지 닿는 높이에 계단이 여섯 개, 사방이 막힌 고양이 침대도 두 개 있는 대형 캣타워다. 그걸 설치했으니 부엌 겸 거실인 2층의 인테리어는 포기했다. 두 마리는 캣타워를 아주 좋아해서 커다란 몸으로 민첩하게 오르락내리락했다. 운동 부족을 캣타워로 해결하면 좋겠다는 것이 아키코의 희망이기도 했다. 그래도 화창한 날에는 역시 해가 잘 드는 곳이 좋은지, 형제는 창문 아래에 놓은 폭신폭신한 타올 매트에 누워 있을 때가 많다.

아무리 형제여도 자리를 놓고 싸울 줄 알았는데, 두 마리가 캣타워 침대 앞에서 꿈지럭꿈지럭 밀치는 모습을 본 정도다. 하악거리며 위협하는 일도 없고, 나중에 보면 둘 중 하나가 그 자리에서 자고 있었다. 그때그때 양보해서 번갈아 가며 자는 것처럼 보이기도 했다. 형제가 제일 다투는 것은 아키코가 한쪽만 상대해줄 때였다.

예를 들어 아키코가 장난으로 타이만 안고 "아이, 귀여워"라고 속삭이면, 론이 잽싸게 달려와서 "아옹, 야옹" 하고 어필한다. 품에 안긴 타이는 아래를 내려다보며 후구웅 코를 울린다. 론까지 오면 아키코는 위를 보고 바닥에 눕는다. 그러면형제는 "후궁, 구우우웅" 하고 몸 안쪽에서 소리를 끌어내며아키코의 얼굴이나 목 냄새를 맡고 얼굴을 할짝할짝 핥는다.차가운 코가 닿으면 깜짝 놀라고, 까칠한 혀 때문에 조금 아픈데 이것도 형제들의 애정 표현이다. 아키코는 "웅, 정말 고마워"라고 속삭이며 머리를 쓰다듬는다. 그러면 타이는 쓰다듬는 데 쓰지 않는 쪽 팔과 몸 사이의 틈에 파고들어 옆구리아래에 코를 쿡 박는다. 그렇게 엎드린 채 가만히 있는다.

"이렇게 큰 몸으로 굳이 좁은 곳에 왜 들어가려고 하니?"

그렇게 말하자마자 론이 지극히 당연하다는 얼굴로 아키코 배 위로 올라온다. 엄청난 무게감이 느껴진다.

"론. 또 무거워진 것 같네?"

론은 아키코의 배 위에서 자기로 마음먹었는지 몇 번을 위에서 빙글빙글 돈 후에 동그랗게 몸을 말았다. 그러는 동안에아키코는 계속 복근에 힘을 줘야 했다.

"시마 씨처럼 나한테도 이게 근력 운동일지 모르겠다."

아키코는 몸 측면과 배 위에서 고양이의 체온을 느끼며 눈을 지그시 감았다. 이대로 금방이라도 잠들 것 같은데, 어른으로서 그럴 순 없다.

"가게 메뉴를 어떻게 할까. 계절이 바뀌면 곁들이는 메뉴의 종류를 조금씩 더 늘리는 게 좋을 것 같아."

이렇게 메뉴를 생각하면서 몸을 일으켜 형제를 두 팔로 영차 안고서 3층으로 올라갔다.

아키코가 침대에 누워 꾸벅꾸벅 졸며 이것저것 생각하면, 여전히 옆구리에 파고들었던 타이가 좁은 곳에 있기 힘들어졌는지 스르륵 몸을 일으키고 흐아암 크게 하품한 뒤, 아키코의 품에서 폴짝 뛰어내려 고양이 침대에 누웠다. 거기에는 편하게 누우라고 아키코가 유기농 수건을 깔아두었다.

"아주 극진한 대우를 받으시네요."

이렇게 말해도 타이는 알 바가 아니니 두 개의 앞발에 턱을 올리고 눈을 감았다. 아키코는 고양이의 저런 모습이 너무 귀여워서 행복한데, 곧 타이가 자세를 바꿔서 등만 보였다. 그러다 보면 배 위에 있던 론도 일어나 이제는 햇빛이 들어오지 않는 타올 매트 위, 혹은 아키코의 침대 위쪽으로 이동해서 잠들었다. 조금 전까지는 고양이에 둘러싸여 고양이를 독차지했던 아키코는 순식간에 그냥 침대에 누운 아주머니가 되고 말았다. 누운 채로 타로의 사진을 봤다.

"타로, 고마워. 타로가 타이랑 론을 데리고 와줬지?"

데리고 온 사람은 시마 씨지만, 아키코는 저세상에서 타로가 활약해준 덕분에 형제가 집에 와줬다고 생각했다.

"이렇게 생각한다고 시마 씨한테는 말하면 안 되겠지만."

아키코는 영적인 것에나 집착한다고 자조하는 웃음을 지었다. 항상 타로가 첫 번째여서 두 번째로 밀리는 엄마 사진에도 시선을 줬다.

"뭐, 기운 내서 해보렴."

그렇게 말해주는 것 같았다.

"계속 이러고 있으면 안 되겠다."

아키코는 일어나 다른 일을 시작했다. 보통 아키코와 고양이 형제는 이런 생활을 반복하며 지낸다.

가게 메뉴 중에서 자몽은 빼기로 했다. 어느 날, 연배 있는 여성 세 명이 가게에 온 적이 있다. 평소처럼 시마 씨가 메뉴를 설명하다가 도중에 주방으로 돌아왔다.

"저기, 자몽 말인데요."

"응."

"자몽을 다른 과일로 바꿀 수 있을까요?"

"그럼. 그럴 수 있지."

시마 씨는 고개를 끄덕이더니 손님에게 돌아가 주문을 받고 돌아왔다. 그때 아키코는 특별히 시마 씨에게 뭔가 묻지 않았고, 단순히 저 손님들이 자몽을 싫어하나 보다고 생각하고 말았다.

그날 영업을 마치고 반성회 삼아 하루를 돌아볼 때, 아키코는 자몽에 관해 시마 씨에게 물어보았다.

"그 손님들, 평소 드시는 약이 있는데 자몽이 약 효과에 영향을 미칠 가능성이 있다고 의사가 말했대요. 그래서 자몽을 안 드신다고 하셨어요."

"아하, 그랬구나."

다양한 연령대의 사람이 오니까 이런 것까지 생각해야 한다. 아키코는 반성했다. 그러고 보면 지금까지도 손님들이 자몽을 종종 남기곤 했다.

"왜 그럴까? 자몽, 정말 맛있는데."

바나나라면 남기는 사람이 한 명도 없다.

"다들 단맛을 더 선호하나 봐. 산미가 강한 과일을 그냥 먹기 버거워하는 사람도 많은 것 같고."

"그러게요. 남성들도 단 걸 좋아하고요."

"자몽에 꿀이나 설탕을 뿌리는 방법도 있지만, 어린아이는 꿀을 먹으면 안 되고 과일 본연의 맛을 설탕으로 조절하는 것도 별로야. 아쉽지만 자몽은 그만두는 게 좋겠어. 바나나를 메인으로 할까?"

"그러네요. 그게 좋겠어요."

시마 씨와 의논해 우선 과일을 변경했다. 개업하고 몇십 년이 지난 것도 아닌데 세상의 미각 취향이 확실히 달라졌다. 아키코의 손맛이 그런 것에 좌우되진 않지만, 제공한 음식이 남으면 슬프다. 다행히 지금까지 손님이 샌드위치와 수프를 남긴 적은 없었다.

"슬슬 수프 이외의 음식에 관해서 고민할 시기가 왔을지도 몰라. 시마 씨도 아이디어가 있으면 말해줘."

"네, 알겠습니다."

평소보다도 더욱 충실한 반성회였다. 그런 두 사람을 찻집 아주머니가 유리문 밖에서 빤히 바라보고 있었다.

3

아침에 시마 씨가 출근하자마자 심각한 얼굴로 말했다.

"아키코 씨, 알고 계세요?"

"뭘를?"

"저기, 저 앞 대로에……."

"응, 상점가 외곽 말이지."

"네. 대로를 건넌 곳에 주차장이 있었잖아요. 거기 공사를 시작했어요. 양복 입은 남자 셋이 와서 현장 책임자로 보이는 사람과 뭔가 말했는데, 수프나 빵이라고 하는 거예요. 의아해서 가방을 뒤지는 척하면서 서서 들었는데, 냉동고니 냉장고니 주방이니 그런 소리를 하던데요, 여기랑 비슷한 가게를 내려는 것 아닐까요?"

"그래? 어머, 그렇구나."

아키코가 느긋하게 고개를 끄덕이자, 시마 씨는 화를 냈다.

"베끼더라도 이렇게 가까이에서 할 이유가 있나요? 너무 실례잖아요."

몸집은 큰데 초등학생 같은 표정을 짓는 시마 씨를 보고 아키코는 미소를 지었다.

"아직 그렇게 정해진 건 아니잖아? 어쩌면 수프나 빵이라는 이름이 들어가는 옷 가게일지도 몰라."

"설마요. 우리 가게의 평판이 좋으니까 베낀 게 분명해요."

"베끼는 사람이 나타났다면 그만큼 인정받았다는 소리긴 한데. 도대체 어떻게 되려나?"

아키코가 쓸쓸하게 웃으며 조리용 앞치마를 둘렀다.

"물론 대로까지 걸어서 몇 분쯤 걸리긴 하지만요, 보통은 염치 없이 이런 짓은 안 하잖아요?"

드물게 분개한 시마 씨를 아키코가 달랬다.

"아직 정해진 것도 아니잖아."

둘이 서서 재료를 준비하는데, 시마 씨가 불쑥 말했다.

"저는 수프나 빵이 들어가는 옷 가게는 아니라고 봐요."

아키코는 웃음을 꾹 참았다.

"설령 그렇다 해도 우리는 우리대로 우직하게 하면 돼. 만약 그 결과로 망하더라도 어쩔 수 없어. 그래도 안심해. 시마 씨는 내가 책임질 거니까."

"엇, 저기, 월급도 보너스도 넘치도록 주셔서 감사한걸요. 그 점은 걱정 안 하는데요."

시마 씨가 들고 있던 당근을 내려놓고, 운동하던 사람답게 예의 바르게 인사했다.

"그래도 저는 우리 가게가 없어지는 게 싫어요. 아키코 씨, 어머님께 물려받은 가게를 깔끔하게 단장하고 양심적으로 경영하시잖아요. 기업이 소상공인의 장점을 훔쳐서 약삭빠르게 베끼는 방식이 싫어요."

"그래도 세상은 원래 그런 법이야. 문제가 많은 가게는 물론 도태되어야 하지만, 양심적으로 장사해도 망하는 가게가 있는 건 사실이니까. 엄마 가게를 물려받았다지만 가게 터만 그랬잖아. 지금 우리 가게는 엄마를 전면적으로 부정하는 것이나 마찬가지야."

"그런가요?"

"그렇다니까. 그러니까 엄마 가게의 단골손님은 전혀 오시지 않잖아. 나는 그분들이 아끼던 가게를 없앤 거야. 안타깝지만 어떤 행동을 했을 때 가슴 아파하는 사람이 나오는 건 어쩔 수 없어."

개업한 이후로 가게 사정을 다 아는 시마 씨는 뭔가 곰곰이 생각하는 듯했다.

"아무튼 우리는 주변에 휩쓸리지 말고 우리가 해야 할 일을 하자."

아키코가 환하게 웃자, 시마 씨가 면목 없다는 표정을 지었다.

"알겠습니다. 괜한 소리를 해서 죄송해요."

그러더니 엄청난 힘으로 양파를 씻기 시작했다.

"우리 가게를 걱정해줘서 고마워."

시마 씨는 묵묵히 고개를 끄덕였다.

그날은 아키코보다 조금 연상으로 보이는 네 명의 여성 그룹이 가게에 오래 머물렀다. 저마다 몸에 장신구를 달았고, 주식이나 토지 정보를 교환했다. 아키코의 가게에서는 커피나 차를 취급하지 않으니, 보통은 식사를 마치면 건너편 찻집 아주머니의 가게로 가거나 다른 곳에서 차를 마시는 손님이 많다. 마실 수 있는 것이라곤 맛이 거의 안 나게 무농약 레몬

즙을 조금 떨어뜨린 물뿐인데, 시마 씨는 몇 번이나 물을 추가하러 주방과 테이블을 왕복해야 했다. 그러자 손님 중 한 명이 말했다.

"매번 미안해요. 괜찮다면 그 물 주전자를 여기 그냥 둬도 되는데."

아키코는 시마 씨에게 그러라고 끄덕여 보이고, 주방의 크로스를 넣어두는 서랍에서 원형 손수건을 꺼내 그걸 깔고 위에 주전자를 올리도록 했다. 손수건은 지름 20센티미터 정도의 얇은 삼베로, 테두리에서 7센티미터 정도 부분에 하얀 자수 실로 파도와 물고기가 촘촘하게 수놓였다.

"어머나, 수건이 동그라네? 여기 테두리에 자수도 놓였고. 멋있어라. 이거 어디에서 샀어요?"

질문을 받고 아키코는 30년쯤 전에 여행을 갔던 지방의 소규모 수공예품 가게에서 샀고, 그 손수건은 가게를 지키던 나이 많은 주인 여성이 만든 것이라고 대답했다.

"손이 많이 간 거네. 요즘은 그런 가게가 사라졌지."

여성들의 대화가 다시 달아올랐다. 이야기가 한참 더 이어질 것 같다. 다른 손님은 없고 가게에는 그 손님들만 있었다.

"저기 대로 너머에 공사를 시작했던데. 뭐가 생길까? 혹시 알아?"

"아, 우리 남편이 그러는데, 음식점이 생긴다던데."

그걸 주방에서 들은 시마 씨가 역시, 라고 말하고 싶은 표정으로 아키코를 봤다.

"오호라, 어떤 가게일까?"

"글쎄, 그것까진 모르겠어."

"이 상점가에도 가게가 다양한데 새로 생기는 곳이 장사가 될까?"

"개인이 운영하는 곳은 아니겠지. 잡화점도 보면 이름은 다른데 계열사가 같은 곳이 있잖아? 아마 그거랑 비슷한 방식 아닐까?"

"그런 식으로 소규모 상점이 사라진다니까."

"내가 어렸을 때는 편의점 같은 것도 없었어. 대형 마트도 역 앞에 하나 있는 정도였는데."

"엄마한테 병을 받아서 간장 가게에 심부름하러 가곤 했어. 커다란 통을 두고 양을 재서 파는 곳이었지."

"된장 가게도 있었잖아."

"맞아. 꼭 투명한 삿갓처럼 생긴 걸 씌워 놓은 커다란 용기가 있었어. 국자로 된장을 퍼서 양을 쟀는데, 조금 떨어진 곳에서 국자를 던져도 그게 원래 있던 자리에 꽂히더라. 꼭 마술 같았어."

옛 추억 이야기가 끝을 모르고 길어질 것 같았다.

늘 그렇듯이 무뚝뚝한 표정의 찻집 아주머니가 밖에서 빤히 들여다봤는데, 손님이 있는 것을 보고 그냥 돌아갔다. 시마 씨가 그 모습을 보고 웃음을 참았다.

가게 밖에 줄 서는 일은 이제 없어졌지만, 오픈하고 오후 3시 정도까지는 빈 테이블이 없을 정도로 손님이 찾아와주었다. 오래 머무는 그룹도 있는데, 그건 그것대로 가게가 마음에 들었다는 증거이니 아키코는 불편하기는커녕 고마웠다.

"시마 씨, 우리 얼마 전에 호박 수프를 조금 바꿨잖아. 이번에는 샌드위치도 바꿔볼까?"

영업을 마치고 테이블을 닦으며 아키코가 물었다.

"아, 네. 그러시고요?"

"아직 구체적으로 생각한 건 없는데 핫 샌드위치 같은 게 있어도 괜찮을 것 같아서. 또 볼륨감 있는 샌드위치도."

"아, 둘 다 괜찮은데요? 따뜻한 것도 좋고, 볼륨감이 있어도 너무 고기고기하지 않으면 속도 거북하지 않고요."

"후후, 고기고기라니……. 그래도 우리는 닭고기가 한계지 말이야."

"닭고기면 좋은걸요."

시마 씨가 시원시원하게 말했다.

"저기, 혹시 오늘 시간 있어? 내일이 쉬는 날인데 갑자기
이런 말을 해서 미안해. 그래도 얘기 좀 할 수 있을까?"

"괜찮아요."

"그럼 조금만 기다려."

아키코는 찻집 아주머니가 전에 데려가줬던, 부부가 운영
하는 이탈리아 레스토랑에 전화를 걸었다. 마침 취소가 있어
서 4인용 자리가 비었다고 한다.

"그렇지. 시마 씨 친구, 시오 씨한테도 같이 가자고 하면 어
떨까?"

"네? 시오요?"

시마 씨가 순간 놀란 표정을 짓더니 이렇게 대답했다.

"그 녀석은 한가하니까 언제든 시간이 비어요."

"에이, 그럴 리 없지."

"아니에요, 그런 녀석이니까요."

아키코는 두 사람의 역학 관계를 흐뭇하게 여기며, 시마
씨가 그에게 연락하는 것을 기다렸다.

"장소 어딘지 알겠지? 가게로 직접 가는 게 가까울 거야. 이따 봐."

시마 씨가 간결하게 용건을 말하고 전화를 끊었다.

"되게 담백하네?"

"그런가요? 늘 이래요."

아키코는 시오 씨에 관해 아무것도 묻지 않았다. 무슨 일을 하는지, 몇 살인지도 묻지 않았다. 앞으로도 굳이 물어볼 마음이 없으면서 왜 그를 저녁 식사에 초대했는지 스스로 생각해도 의아했다.

아키코와 시마 씨는 이탈리안 레스토랑으로 이동해 부부의 환한 웃음과 재회했다. 역시 이 미소가 좋다. 아키코는 그리운 기분을 느꼈다.

"구석 자리여서 미안해요."

부인이 테이블로 안내하며 사과했다.

"오히려 구석이면 안심하는 성격이니까 걱정하지 마세요."

아키코는 시오 씨가 올 때까지 기다리겠다고 했는데, 같이 메뉴를 보던 시마 씨가 대답했다.

"아니요, 그러지 않으셔도 돼요. 그 녀석은 뭐든지 다 잘 먹으니까 주문해도 괜찮아요."

"그래? 그럼 혹시 부족하면 추가로 시키자."

"그런 건방진 짓은 용납할 수 없어요. 그 녀석은 앞에 있는 걸 감사하게 묵묵히 먹으면 되니까요."

시마 씨가 운동부 출신다운 기질을 보여주는 게 재미있어서 아키코는 주문하는 내내 웃음이 나왔다.

얼마 지나지 않아 시오 씨가 왔다.

"장소, 찾기 어렵지 않았어요?"

아키코가 묻자, 시오 씨가 "네, 주소를 알아서 찾기 쉬웠어요"라며 인사한 뒤, 시마 씨를 보더니 "여어" 하고 고개를 까닥였다.

"응."

시마 씨도 고개를 까닥이기만 했다. 시오 씨는 시마 씨 옆에 앉았다.

"미안해요. 우리가 먼저 주문했어. 먹고 싶은 게 있으면 사양하지 말고 말해요. 그렇지, 음료는 어떻게 할래요? 종류가 다양해요."

아키코가 시오 씨에게 메뉴를 내밀었다.

"고맙습니다. 그럼 저는, 어어, 글라스 와인을⋯⋯."

"엑, 무슨 소리야. 물이면 되지, 물 마셔."

시마 씨가 발끈한 표정을 지었다.

"앗, 그, 그러게. 그럼 저는 물이면 돼요."

"괜찮아, 사양하지 마요. 우리는 못 마시지만 마실 수 있는 사람은 즐겁게 마셔야지. 그래야 요리가 더 맛있잖아요."

"아, 아아, 죄송합니다. 그럼 글라스 와인 레드로."

시오 씨가 부인과 의논해 브랜드를 정했는데, 시마 씨가 그의 어깨너머로 걱정스럽게 메뉴를 들여다보는 것이 또 재미있었다.

"갑자기 불러내서 미안해요. 일하느라 바쁘지 않아요?"

"괜찮아요. 이렇게 불러주셔서 기뻐요. 아, 고양이들은 잘 지내나요?"

"그럼, 아주 잘 지내요. 지나치게 건강할 정도야. 아짱은 어때요?"

"네, 애교가 많아도 너무 많아서 벅차요."

시오 씨는 기뻐 보였다.

"다행이야. 그때 나한테 키우면 어떻겠냐고 말해줘서 고마워요. 고양이들은 죄가 없으니까. 인간 책임이잖아요. 떠난 아이들은 너무 안 됐지만."

아키코는 이런 자리에서 괜한 말을 했다고 바로 후회했다.

맞은편에 앉은 두 사람도 조금 숙연해진 그때, 최고의 타이밍으로 요리가 나왔다. 허브 잎이 풍성하게 올라간 허브 샐러드, 생 햄, 새우와 흰강낭콩 샐러드, 누에콩에 가루 치즈를 뿌린 요리 등등. 자기 접시에 음식을 덜면서 아키코가 말했다.

"우리 가게 메뉴를 조금 바꿔볼 생각이에요. 샌드위치도 볼륨감 있는 종류가 하나쯤 있는 편이 딱 봤을 때 즐거울 것 같아서요. 사이드 메뉴도 추가하고 싶어요. 뭐 좋은 아이디어 없을까?"

시마 씨는 진지하게 고민했고, 시오 씨는 여자들의 대화를 방해하지 않으면서도 싫은 기색 없이 그 자리에 어울려 밥을 먹었다.

"아, 이거 맛있다."

아키코는 개인 접시에 던 새우와 흰강낭콩 샐러드를 살폈다. 흰색과 붉은색, 그 위에 뿌린 이탈리안 파슬리의 초록빛이 아름다웠다.

"단순하면서 콩 본연의 맛이 나요. 새우의 단맛도 나서 아주 맛있어요."

시오 씨에게도 좋은 평을 받았다.

"간은 소금과 올리브오일로만 했네."

아키코는 단순하면서도 얼마든지 먹을 수 있는 요리에 감탄했다.

"하지만 어패류는 보존 상태가 문제야. 냉동품을 쓰면 괜찮겠지만 우리는 그런 방침이 아니고, 그렇다고 새롭게 거래할 곳을 개척해서 매일매일 들여오는 것도 우리 두 사람이 하긴 좀 벅차겠지."

"네, 그건 좀……."

시마 씨도 고개를 한쪽으로 기울였다.

"내가 너무 고집을 부리나?"

아키코가 가만히 중얼거렸다. 요즘 세상에 냉동품을 쓰지 않는 가게는 거의 없지 않을까. 재료 준비를 할 때 전자레인지를 쓰는 것도 당연하고, 심지어 냉동품만 써서 음식을 제공하는 가게도 있을지 모른다. 엄마 가게에도 커다란 냉동고가 있었고, 그 안에는 서리 낀 업무용 냉동식품이 꽉꽉 채워져 있었다. 그걸 꺼내서 사람 수만큼 튀겨 정식이라고 내놓았다. 아키코는 그건 손님에 대한 예의가 아니라고 여겨 오랫동안 의문을 품었는데, 이런 고집 때문에 가게의 메뉴 폭이 넓어지지 않는 것도 사실이었다.

"저는 아니라고 봐요. 그건 아키코 씨만의 방식이니까요.

그걸 바꿀 필요는 없지 않을까요?"

"그렇지, 그건 그렇겠지만."

시오 씨 앞에 글라스 와인이 나왔다.

"죄송합니다. 잘 먹겠습니다."

세 사람이 각자 다시 글라스를 들었다. 시오 씨가 조심스러워하거나 혹은 걸신들린 것처럼 굴지 않고, 그저 순수하게 배고픈 젊은 남자다운 모습을 보여주어서 아키코 눈에는 아주 흐뭇하게 보였다. 어란 파스타, 포르치니 소스를 얹은 소고기 스테이크, 소 위장 토마토 스튜 등 음식이 차례차례 나왔다.

"냉동품을 쓰지 않으면 육류는 어렵죠."

시오 씨도 함께 생각해주었다. 시마 씨는 두 명, 세 명분의 몫을 일해준다. 그래도 새로운 재료를 음미해서 들여오려면 그만큼 일이 추가되므로 그 점을 생각하면 역시 어려웠다. 게다가 소비할 수 있는 양이 일반적인 가게와 비교해 너무 적다. 아키코는 젊었을 때와 다르게 체력 부족을 느끼므로 찻집 아주머니가 뭐라고 잔소리해도 해 질 무렵에는 영업을 마치지 않으면 버티지 못한다. 밤늦게까지 가게를 열고, 음료나 술도 취급하면서 다음 날 오전에 또 영업을 시작하는 사이클이었다면 벌써 쓰러졌을 것이다. 타이와 론이 피로를 달래주지만, 몸의 피로감을 근본적으로 낮게 해주지는 않는다. 지금 자신은 이 이상 식자재 거래처를 늘리기 어렵다.

"그렇죠. 채소를 들여오는 것만으로도 조금 벅차니까요."

아키코가 솔직한 마음을 털어놓자 시마 씨도 수긍했다.

"그래도 새로운 건 생각하고 싶어."

세 사람은 앞에 나온 요리를 차례차례 먹으며 뭔가 좋은 메뉴가 없을지 각자 머릿속으로 생각했다.

파스타, 스테이크, 내장 요리를 전부 먹고 마음 깊은 곳에서부터 우러나오는 만족감을 느끼는데, 또 하나의 기쁨인 돌체 민트 젤라토, 초콜릿 무스, 애플 케이크 모둠과 에스프레소가 나왔다.

"저기, 갑자기 이런 말을 해서 면목 없지만, 이번 달로 가게 문을 닫을 거예요."

보기 좋게 담긴 디저트에 시선이 쏠렸던 아키코가 부인의 말을 듣고 놀라서 고개를 들었다. 부인이 웃으며 말했다.

"슬슬 때가 된 것 같아요. 나도 무릎이 아프고, 남편도 허리가 폭발하기 일보 직전이라고 하니까요."

"아아, 그러시군요. 아쉬워요. 그러면 앞으로 2주 정도 남았네요?"

"그래요. 감사하게도 손님들도 아쉬워해 주시는데, 솔직히 우리는 마음이 편해요. 앞으로 둘이 느긋하게 쉴 수 있고 여행도 갈 수 있으니까요."

"아아, 그렇죠."

"가게를 꾸리다 보면 휴일이라고 해도 늘어지지는 못해서. 성격적인 문제도 있겠지요. 이제 막 우리 가게에 와주었는데 너무 미안해요. 그래도 이렇게 만나서 기뻤어요."

"저야말로 정말 감사했습니다."

언젠가 반드시 이런 날이 온다. 엄마에게는 너무 갑작스럽게 찾아왔지만, 그게 아니라도 어떤 사건으로 가게를 닫아야 하는 사건이 생긴다. 그래도 부부는 평소와 다름없이 밝은 태도로 맛있는 요리를 만들어주었다. 다른 테이블 여기저기에서도 아쉬워하는 소리가 들렸다.

"좋은 가게가 자꾸자꾸 사라지네요."

시마 씨도 실망했다.

시오 씨의 회사 근처에도 전부 프랜차이즈 음식점만 있다고 했다.

"그래도 젊은 사람은 그런 가게가 있으면 편리하잖아?"

"그건 그렇지만, 먹다 보면 어쩔 수 없이 질려요."

"단품이면 아무래도 그렇겠다. 정식집은 없어?"

"있긴 해요. 그런데 거기도 개인 가게가 아니라 프랜차이즈예요. 그래서 도시락을 싸서 다녀요."

"어머, 매일 직접 만드는 거야? 남자가 대단하다고 말하면 이거 성차별이 되겠지?"

시오 씨가 자기 가방에서 얄팍한 도시락 가방을 꺼냈다.

"여기에 매일 싸서 가요."

출장을 갈 때는 이동하며 먹을 수 있게 주먹밥을 만든다고 했다.

"그래도 여름철에는 좀 불안해서 안 하고요."

아키코가 오늘은 뭘 만들었는지 묻자, 톳 조림, 피망과 잡어 볶음, 네모나게 구운 다짐육, 얇게 썬 양배추, 방울토마토와 양상추 샐러드라고 했다.

"정성이 많이 가네. 네모나게 구운 다짐육이 뭐야?"

그의 설명에 따르면, 햄버그스테이크를 좋아하는데 고기 반죽을 손으로 주물러 타원형으로 만드는 게 어렵다고 했다. 그래도 한 번에 넉넉하게 만들고 냉동해서 저장해두면 편하니까 냉동 보존용으로 스테인리스 넓은 접시를 샀는데, 그걸 보다가 타원형으로 놓으면 틈이 생긴다는 것을 알았다. 그래서 어차피 자기 입에 들어가니까 일일이 타원형으로 만들 것 없이, 접시에 고기 반죽을 꼭꼭 채우고 꺼내기 쉽게 네모나게 선을 그어두면 필요한 만큼만 구울 수 있다는 걸 깨달았다.

"대단한데."

아키코가 손뼉을 쳤다.

"그래서 제가 만드는 건 햄버그스테이크는 아니에요."

"그런 건 아무래도 좋지. 직접 만들다니 아주 훌륭해."

시간 단축을 위해, 또 자기가 먹을 소량의 반찬을 만들기 위해 작은 프라이팬과 냄비를 세 개 사서 한꺼번에 반찬을 만든다고 했다.

"저녁에 파스타를 조금 많이 삶아서, 남은 건 다음 날 아침에 양파와 피망을 넣고 케첩으로 간을 해 도시락으로 가지고 가기도 해요."

"멋지다. 다양하게 활용도 하네."

아키코는 진심으로 감탄했다.

"간이 제법 잘 맞아서 놀랐어요."

시마 씨가 시치미를 뗀 표정으로 말했다.

"뭐야, 당연하지. 맛있다고 하면서 먹었잖아."

"응, 의외로 제대로 하더라."

시마 씨의 말에 시오 씨가 어이없다는 듯이 웃었다.

시오 씨는 시마 씨보다 세 살 연상으로, 원래 일하던 IT 기업의 동료 두 사람과 함께 독립해서 회사를 세웠다고 한다.

"이제 막 시작해서 앞으로 어떻게 될지는 모르는데, 그럭저럭 유지하고 있어요."

"회사를 그만둘 때 용기가 필요했지?"

"네, 그래도 저는 독신이니까요. 다른 두 사람은 결혼했고 자식도 있어서 더 힘들었을 거예요."

회사를 그만둔 초기에는 최대한 절약하려고 근처의 저렴한 가게를 찾거나 편의점에서 도시락을 사서 식사를 때웠다. 프랜차이즈 가게도 이용했다. 그래도 어느 정도 먹자, 외식에는 질렸다고 한다.

"매번 맛이 똑같아요. 그게 프랜차이즈의 장점이겠지만요."

몸 상태에 따라 맛이 좀 진하게 느껴져도 그걸 먹을 수밖에 없다. 그러기를 이어가던 어느 날, 혹시 나는 식사하면서 맛있다고 생각하지 못하는 것 아닐까, 그렇게 먹은 식사가 몸에 좋을 리 없다는 것을 깨닫고 직접 만들기 시작했다고 한다. 직접 만들면 양도 맛도 그날 몸 상태에 맞춰서 조절할 수 있다.

"저는 부모님이 만들어주셨던 음식만 할 줄 알아요. 세련된 건 못 만들어요."

"그러면 충분하지. 자기가 할 수 있는 범위에서 하면 돼."

시오 씨 회사에서 아르바이트하는 대학생은 외식 프랜차이즈 가게가 전부 가격을 올렸다고 투덜거린다고 한다.

"집에 부엌이 있을 테니까 비싸다고 투덜대기 전에 자기가 먹을 걸 직접 만들어보지 그래?"

불평을 듣고 이렇게 말했다가 엄마 같다고 웃음을 샀다고 한다.

"생각해보면 1인분은 외식이 더 싸게 먹히는 것 같기도 해요. 마트에 가면 이것저것 재료를 사야 하니까."

"그래도 자기 먹을 양만큼 만들 수 있는 게 중요하니까."

"네."

시마 씨는 에스프레소를 마시면서 아키코와 시오 씨의 대화에 귀를 기울이고 웃고 있었다.

"시오 씨, 참 믿음직스럽네."

아키코가 감탄하면서 시마 씨를 보자, 쿨하게 대답했다.

"네, 그야 뭐. 배팅을 조금만 더 잘해주면 좋겠지만요."

"관계없잖아. 지금은 요리 얘기 중이니까."

시오 씨가 소소하게 반격했다.

다 같이 웃으며 식사를 마치고 동네 역으로 돌아왔다. 되짚어보니 새로운 메뉴 이야기는 거의 하지 못했다.

"죄송해요. 괜히 흥분해서."

시마 씨와 시오 씨가 미안해했다.

"무슨 소리야. 아주 즐거웠는걸. 오늘은 정말 고마웠어."

가게 앞에 서서 아키코가 인사했다.

"저희야말로 잘 먹었습니다."

"그럼 저는 이 친구를 데려다줄게요."

두 사람은 예의 바르게 작별 인사를 하고 나란히 인파 속으로 사라졌다. 아주머니의 찻집은 아직 영업 중이었는데 손님으로 꽉 차 있었다.

집으로 돌아가자, 고양이들이 난리였다. 밥을 주고 갔는데도 늘 그렇듯이 볼링공 두 개가 이쪽으로 고속 회전하며 굴러오는 것처럼 아키코의 몸에 퍽 부딪쳤다. 그리고 "아옹, 아오오옹"의 대합창이다. 아키코는 타이와 론을 양팔에 안고 침대에 앉아 시오 씨가 했던 말을 생각했다. 자신보다 요리 실력이 뛰어난 사람, 레퍼토리가 풍부한 사람, 보기 좋은 세련

된 요리를 만드는 사람에게만 배울 점이 있는 것이 아니다. 시오 씨처럼 서툴러도 자기 손으로 직접 만들어 먹으려는 태도에서 아키코는 많은 자극을 받았다. 나이를 먹으면 그런 감정을 깜박깜박한다. 시오 씨가 들려준 이야기가 되살려졌다.

아키코의 머릿속에서 샌드위치 이미지가 잡혔다.

"속에 넣는 재료는 볶아도 되지 않을까?"

"영국에서 애프터 눈 티를 마실 때 나왔던 샌드위치. 식빵에 버터를 바르고 오이만 넣은 샌드위치도 맛있었어. 그래도 그건 전립분 식빵에는 어울리지 않을 거야."

"건포도를 넣은 빵에 뭘 끼워서 먹을 순 없을까? 그래도 빵 자체가 달콤하니까. 하드 계열 빵을 샌드위치로 하면 호불호가 갈릴지도 모르겠어."

시오 씨의 다짐육을 네모나게 굽는 아이디어에서 자극받아 갑자기 아키코의 머릿속이 활발하게 움직이기 시작했다. 전부 다 실현하지 못해도 되고 그럴 필요도 없다. 중년에 들어서면서 머리가 굳어진 자신에게는 일단 뭔가 생각하는 것이 필요했다. 구체적으로 그림을 그리면 이미지가 샘솟겠지만 공교롭게도 양팔은 묵직한 고양이 두 마리 덕분에 막혔다.

"잊어버리지 말아야지."

아키코는 생각해낸 빵과 재료의 이미지를 잊지 않으려고 뇌에 단단히 새겼다.

응석을 마음껏 부려 만족한 두 마리가 음양 무늬처럼 엉켜서 잠든 덕분에 아키코는 노트를 꺼내 생각난 샌드위치 그림을 그리기 시작했다. 식빵, 바게트, 베이글, 루스티크를 그렸는데, 재능 없는 어린아이의 장난 같은 그림, 아니 그에도 못 미치는 완성도였다.

"서투네."

스스로 어이없어하며 루스티크 아래에 화살표를 달고 양배추, 양파, 당근, 구운 베이컨이라고 적고 으음, 하고 팔짱을 꼈다. 채를 쳐서 넣으면 별로 재미없으니까 뭔가 인상적인 것이 있으면 좋겠다.

"양배추는 손으로 찢고, 베이컨은 덩어리째 구워서 넣으면 어떨까. 다른 재료는 얇게 썰고……."

그러다가 아보카도가 생각났다. 손님들 사이에서 인기인 재료다. 냉장고에 넣지 않아도 되는 점도 아키코의 가게에는 고맙다. 지금까지는 샌드위치 재료로 썰어서 사용했는데, 사이드 메뉴로도 활용하면 어떨까. 아보카도를 상상하자 머릿속에 초록빛 풍경이 펼쳐졌다. 초록색에서 연상해 풋콩도 생각했는데, 풋콩 버무리가 머릿속에 동동 떠올랐다. 풋콩 버무리란, 풋콩을 풀처럼 갈아서 떡이나 채소 같은 다양한 재료와 버무린 음식이다.

"감자를 버무려볼까?"

아키코는 감자나 양파, 당근 같은 채소를 작은 주사위 모양으로 썰어 아보카도로 버무리면 어떨지 생각했다. 아보카도의 변색을 막기 위해 레몬즙을 떨어뜨려야 하지만, 그렇게 많은 양은 아니고 그런 맛이 있어도 괜찮을 것 같다.

"좋아, 어디 힘내보자!"

아키코가 팔을 빙빙 돌리며 의욕을 냈다. 창문 너머 밤거리에서 상점가를 걷는 사람들의 웃음소리가 들렸다.

4

노트에 이것저것 적다 보니 새로운 샌드위치나 사이드 메뉴의 이미지도 확고해졌다. 한꺼번에 바꾸지 말고 조금씩 종류를 늘려가는 식이 좋겠다.

"안녕하세요."

시마 씨는 휴일 다음 날에도 평소처럼 활기차게 출근했다.

"안녕. 휴일에 뭐 하면서 보냈어?"

아키코는 물어보고 퍼뜩 후회했다. 시오 씨와 같이 간 걸 알면서 괜한 것을 물었다. 그래도 시마 씨는 신경 쓰는 기색 없이 쾌활하게 대답했다.

"배팅 센터에 갔어요."

"정말 좋아하네. 배팅 센터."

아키코가 감탄했다.

"일주일에 최소한 두 번은 가지 않으면 몸 컨디션이 영 별로예요."

시마 씨가 어깨를 빙글빙글 돌렸다.

시마 씨의 상태를 살피며 조금 더 물어보았다.

"시오 씨랑 같이?"

"네, 같이 갔어요."

"시오 씨의 배팅은 어땠어?"

"아, 정말 별로예요. 그 녀석은 재능이 없어요. 원래 체육도 못했다고 하니까요."

"그래도 같이 배팅 센터에 가네."

"제가 깡깡 치는 걸 보고 조금 분했나 봐요. 그래도 기본적으로 자꾸 팔로 치려고 하니까 안 돼요."

"호오?"

"이렇게 단단히 자세를 잡고 허리를 움직이라고 몇 번을 말하는데, 금방 팔로 치려고 한다니까요. 공을 이렇게 끌어들여서 쳐야 해요."

시마 씨가 치는 시늉을 했다. 자세가 잡혀서 멋있었다.

"재능이 전혀 없어요. 글렀어요."

시마 씨는 엄격했다.

"시오 씨, 시마 씨한테 못 이기잖아. 그럴 땐 뭐라고 해?"

"대단하다고 해요."

"호오. 시마 씨는 대단하다는 말을 들으면 뭐라고 해?"

"당연한 소리를 하냐고 말해줘요."

아키코는 크게 웃었다. 그러면서도 사이가 좋으니 다행이리고 생각했다.

잠깐 잡담을 나누고, 아키코가 새로운 메뉴 아이디어를 설명했다.

"노트를 보여주고 싶은데 그림을 너무 심하게 못 그려서 남한테 보여줄 수가 없어. 그러니까 말로 설명할 건데……."

"네."

시마 씨의 표정이 진지해졌다.

"루스티크 안에 볶은 양배추와 다른 재료를 넣는 거야. 베이컨도 두툼하게 구워서. 어떨까?"

"맛있을 것 같아요. 기름기가 좀 많겠지만 좋아하는 사람이 많을 거예요."

시마 씨의 감상에 기분이 좋아진 아키코는 채소 아보카도 버무리도 말했다.

"감자, 당근은 찌고 토마토와 양파, 오이는 생으로. 전부 주사위 모양으로 썰어서 아보카도로 버무리는 거야. 아보카도를 갈 때도 산뜻한 느낌보다는 몽실몽실하게 만들고 싶어. 재료에 잘 어우러지도록. 아보카도에는 레몬 말고 라임을 쓰고 싶고."

"그것도 맛있겠어요."

시마 씨가 찬성했다.

"그럼 채소를 찌는 건 시마 씨 담당이야."

"네?"

시마 씨가 놀란 표정을 지었다.

"나중에 주사위 모양으로 썰 거니까 그 상태에 잘 맞도록 쪄봐."

"어, 아, 네."

이후, 시마 씨는 노트를 사오더니 찜기 앞에서 채소 중량과 물 분량, 타이머를 보며 데이터를 자세하게 기입했다.

"대단하다, 실험 같아."

"저는 도저히 감으로 찌지 못하겠어요."

아키코가 고개를 끄덕이며 격려했다.

"분명 이 정도가 좋다는 포인트를 찾을 수 있을 거야."

새로운 메뉴가 나왔다고 따로 알리지 않고, 지금까지 메뉴에 양배추와 베이컨 샌드위치와 채소 아보카도 버무리를 슬쩍 추가했다. 주방에서 흘려듣는 것처럼 귀에 들리는 손님들의 대화를 들었다.

"이거 새로운 메뉴인 것 같지. 아보카도가 들어간 샌드위치는 있었는데."

"아보카도 맛있지."

"그래? 나는 좀 별로야……."

"싫어해?"

"왠지 좀 어중간하잖아. 입지가."

"입지?"

"식물인데 와사비 간장을 찍으면 참치처럼 먹을 수 있다잖아. 이상하지 않아?"

"그게 좋은 거야. 다양하게 조합해서 먹을 수 있으니까."

"음, 그래도 이상해. 초밥 재료로도 쓰잖아. 넌 대체 정체가 뭐냐고 묻고 싶다니까."

아키코는 조리대에 놓인 미묘한 입지의 아보카도를 보며 헛웃음을 지었다. 겉은 심녹색에 퍽퍽해 보여서 맛없을 것 같은데, 안은 초록빛이고 끈적하고 숲의 버터라고 불릴 정도로 영양가가 높다. 멍게를 볼 때도 하는 생각인데, 처음으로 아보카도를 먹어본 사람은 대단하다.

플로어를 둘러보자, 시마 씨에게 이것저것 질문하는 손님이 많았다. 새로운 메뉴에 흥미를 보이거나 알아차린 사람은 대부분 주문했고, 맛있다고 하면서 먹어주었다. 아키코는 다행이라고 안심했고, 시마 씨는 아주 기뻐했다. 아키코는 역시 가끔은 가짓수가 얼마 안 되더라도 새로운 것을 시도해야 한다고 명심했다.

요즘은 또 손님 수가 늘었다. 오픈하기 전부터 벌써 세 그룹 정도가 기다리는 날도 있다. 개업 초기가 이랬다고 생각하며 아키코는 늘 하던 것처럼 채소가 넉넉한 샌드위치나 포만감 있는 닭고기 샌드위치, 재료를 다양하게 넣은 수프나 채소와 콩의 순수한 맛이 우러난 수프를 담담히 만들었다. 아키코가 손님으로 꽉 찬 가게를 둘러보며 물이 부족한 테이블이 없는지 살펴보는데, 안을 빤히 들여다보는 찻집 아주머니의 얼굴이 보였다.

손님 발길이 끊어져서 가게가 비었을 때, 완벽한 타이밍으로 찻집 아주머니가 들어왔다.

빵과 수프,
고양이와 함께하기
좋은 날_셋

"안녕. 오늘은 바빠 보이네? 손님이 밖에도 줄 서 있었잖아. 또 어디에 가게가 소개된 거야?"

"아니요."

아키코가 웃었다.

"메뉴를 두 가지 늘리긴 했는데요. 아마 우연일 거예요."

"흐음, 그런가? 그래도 뭐, 손님이 늘어나는 건 좋은 일이야. 너는 도락처럼 장사하고 싶으니까 너무 번창하는 것도 싫잖아?"

"무슨 말씀이세요. 감사하죠."

"그렇지, 정말 그래. 이 세상에는 별의 숫자만큼 가게가 있는데 일부러 와주는 손님이니까. 우리 가게에는 오늘 아침에 강아지 손님까지 와주었어."

"네? 강아지요?"

찻집 아주머니는 오픈 준비를 하려고 가게 문을 열고 카운터 안을 청소했다. 청소를 마치고 문득 고개를 들었는데, 목걸이를 한 잡종 중형견이 의자에 얌전히 앉아 있었다고 한다. 놀라서 "무슨 일이니?" 하고 말을 걸자, 개가 꼬리를 힘차게 흔들며 온몸으로 '달려들고 싶어'라고 표현했다고 한다.

"마실 걸 파는 장사를 하니까 일하기 전에 동물을 만지는 건 좀 그렇지만, 애가 너무 귀여워서."

자기도 모르게 다가가 이리 오라고 양팔을 벌리자, 개가 아주머니에게 달려들어 얼굴, 목, 손까지 사방을 핥기 시작했다. 개의 몸통을 끌어안고 원하는 대로 하게 됐더니, 활짝 열린 문밖에서 "앗, 맥스"라는 남성의 목소리가 들렸다.

개는 그 목소리를 듣자 핥던 것을 뚝 멈추고 꼬리를 치며 남성에게 달려갔다. 목소리의 주인은 일흔이 다 된 남성이었다. 맥스가 남성에게 점프하며 반가워했다.

"이 녀석이, 찾았잖아. 도대체 뭘 한 거니, 걱정했어."

주인인 남성이 개에게 리드줄을 채우고 아주머니에게 정중하게 고개를 숙인 뒤 물었다.

"정말 죄송합니다. 우리 개가 이상한 짓을 하진 않았나요? 괜찮으세요?"

이야기를 들어보니 산책하려고 밖으로 나가려는데, 리드줄을 채우기 전에 문틈으로 쏜살같이 달려 나가 어디로 갔는지 알 수 없었다. 급하게 밖으로 나와 지나가는 사람에게 물었더니 역 쪽으로 달려갔다고 해서 찾으러 왔다는 것이다.

"상점가 쪽으로 왔네요."

"그러니까요. 산책하는 길과는 반대 방향인데. 이쪽은 통행인이 많아서 산책에는 적합하지 않을 것 같아서요."

"가본 적 없는 곳에 가보고 싶었을까요?"

"그럴지도 모릅니다. 앞으로는 이쪽도 산책길에 넣어야겠
어요. 아무튼 덕분에 살았습니다. 고맙습니다."

주인은 면목 없다며 사과하는데, 맥스는 '에헤헤, 또 봐'라
는 듯이 아주머니를 바라보며 떨어지겠다 싶을 정도로 꼬리
를 흔들었다.

"그래, 그래. 또 들르렴."

찻집 아주머니가 말을 걸자, 맥스는 또 달려들려는 몸짓을
보였다.

"요것이, 아이고, 얌전히 있어."

맥스는 그렇게 주인 손에 끌려 돌아갔다.

"다행이야. 주인이 바로 와줘서. 키우는 동물이 행방불명되
면 핏기가 싹 가실 거야."

아키코와 시마 씨는 고개를 끄덕이며 이야기를 들었다. 가
게 의자에 오도카니 앉은 중형견을 상상하자 웃음이 나왔다.

"귀엽네요."

"그렇지. 깜짝 놀랐어. 고개를 들었더니 개와 눈이 마주쳤
잖아."

시마 씨도 이야기를 들으며 웃었다.

"뭐, 생물이 들어왔다는 건 아직 우리 가게도 쓸 만하다는 건지도 모르지. 그럼 실례할게."

찻집 아주머니가 상점가 좌우를 살피고 느릿느릿 길을 걸어 자기 가게로 돌아갔다.

"요즘은 개를 대부분 실내에서 키우는데, 갑자기 가게에 들어와주면 좀 기쁘겠다."

"그러게요. 제 본가에는 키우는 건지 아닌 건지 모를 개나 고양이가 자유롭게 들락거리지만요."

"어머, 정말? 부모님이 쫓아내지 않으셔?"

"전혀요. 솔선해서 데려오는 타입이세요."

시마 씨의 부모님은 두 분 다 동네를 어슬렁거리는 개나 고양이를 보면 불러서 밥을 주고 빗질도 해주는데, 심지어 그 중에는 집에서 자고 가는 개나 고양이도 있다고 한다.

"집에 안 가면 얘 주인이 걱정하지 않을까?"라며 시마 씨가 마음을 졸이면, 아버지는 "집에 가고 싶으면 가겠지. 얘야, 오늘은 우리 집에서 잘 거지?"라며 개를 무릎에 앉히고 기분 좋게 술을 마셨다.

개는 또 개대로 10년쯤 이 집에서 살았습니다만, 하는 표

빵과 수프,
고양이와 함께하기
좋은 날_셋

83

정이었다. 괜찮을지 걱정하며 학교에 갔다가 와보니 이미 개
는 없고, 엄마가 "점심때쯤 지나서 이만 가보겠다는 느낌으로
돌아갔단다"라고 아무렇지 않게 말했다.

"그런 일의 반복이었어요."

"좋다. 그런 거 이상적이야. 그래도 동물을 싫어하는 사람
도 있으니까. 모든 것을 철저하게 관리하는 게 당연하다고 생
각하는 사람도 있어."

시마 씨 본가 주변은 개니 고양이에게 스트레스가 없는 환
경일 것이다.

일요일 오후는 손님 발길이 딱 끊기는 시간대이기도 하다.
가게에 두 사람만 있는 시간이 잠깐 흘렀는데, 튜닉에 바지를
입은 덩치 큰 중년 여성이 혼자 들어왔다.

"어서 오세요."

시마 씨가 다가갔는데, 여성이 말했다.

"아, 저기, 그게. 죄송해요. 여기 가요 씨의······."

시마 씨가 돌아보는 것과 동시에 아키코가 여성에게 다가
갔다. 요즘은 엄마 이름을 대는 사람이 찾아오는 일이 거의
없었다.

"저희 어머니인데요······."

"처음 뵙겠습니다. 갑자기 찾아와서 죄송해요."

여성이 허리를 숙여 인사했다.

"아키코 씨세요?"

"네, 맞습니다."

"저는 다나카 치에라고 합니다. 시어머니가 몇 번 찾아오셨다고……."

"아, 다나카 씨의……."

"네, 며느리예요. 그간 실례가 많았습니다."

"아니에요, 무슨 말씀이세요. 요즘은 이쪽에 오시지 않는데 어머님 건강하세요?"

다나카 씨는 가게뿐 아니라 아키코의 집에도 찾아온 사람이었다.

"어머니는 보름 전에 돌아가셨어요."

"네?"

아키코는 놀라서 치에 씨를 작약으로 장식한 테이블로 안내했다. 그걸 지켜본 시마 씨는 치에 씨 앞에 물잔을 내려놓고 건너편 아주머니의 찻집으로 달려갔다.

"미처 몰랐어요. 큰 실례를 저질렀습니다."

마주 앉아 아키코가 사과했다.

"아니에요, 저야말로 시어머니가 실례되는 일을 하지 않으셨을지……."

"그러지 않으셨어요. 저희 어머니를 오랜 세월 기억해주셔서 감사했는걸요."

"그런가요……. 그렇게 말씀해주시니 저도 마음이 놓여요."

치에 씨는 시종일관 고개를 숙였고 목소리도 작았다. 시마 씨가 커피 두 잔을 얹은 쟁반을 들고 돌아왔다. 하나는 치에 씨 앞에, 다른 하나는 이기고 싶어 놓으려고 해서 "나는 괜찮아. 시마 씨는 쉬고 와" 하고 말했다.

시마 씨는 알았다며 쟁반을 들고 주방 안으로 들어갔다.

"폐에서 악성 종양이 발견되어서 그게 원인이었어요. 시어머니에게는 말씀드리지 않아서 폐렴인 줄 아셨죠. 젊은 시절부터 줄곧 피우신 담배를 손주가 태어난 걸 계기로 그만두시게 했는데요."

"그랬군요. 힘드셨겠어요."

"네. 그래도 입원하고 한 달 반 만에 가셨으니까 순식간이었어요."

아키코는 다나카 씨에게서 치에 씨와의 알력을 들었다. 엄마 추억을 이야기하려는 것이 목적이 아니라 며느리 험담을 하려고 오는 것 같다고 생각할 정도였다. 아들이 갑자기 떠난 뒤로 며느리가 자기 지금을 노린다느니, 아들이 남긴 빚을 자기보고 갚으라고 한다느니, 얼마나 자기가 피해를 보았는지 역설했다. 다나카 씨에게서 들은 가정 내 트러블을 바탕으로 아키코의 머릿속에는 최악의 며느리상이 떠올랐는데, 지금 앞에 앉은 치에 씨는 전혀 그런 짓을 할 사람 같지 않았다.

"가족끼리 장례를 치르고 시어머니 물품을 정리하는데, 이 가게를 적어둔 메모가 나왔어요. 시어머니 성격이 그러셔서 특별히 친한 분도 없었으니까……. 염치없지만 알려드리려고 왔습니다."

"그랬군요. 일부러 찾아와주셔서 고맙습니다."

아키코가 가만히 고개를 숙이자, 치에 씨가 가방에서 손수건을 꺼내 이마의 땀을 닦았다.

"저기, 생전의 사죄를 겸해서……. 아, 이런 사정으로……."

상중임을 알리는 엽서와 유서 깊은 전병 가게의 꾸러미를 아키코에게 내밀었다.

"분명히 아키코 씨에게 실례되는 말을, 그러니까 듣기 괴로운 말을 많이 하셨을 것 같아서……."

그런 말을 들으니 아키코도 아니라고 할 수 없었다. 일단 치에 씨의 마음을 감사히 받았다.

"정말 아무 일도 없었으니까 걱정하지 마세요."

"고맙습니다."

치에 씨는 내내 면목 없어 했다.

"잘 먹겠습니다."

그제야 커피에 손을 내밀어서 아키코의 마음이 조금 편해졌다.

치에 씨가 띄엄띄엄 하는 말을 들어보니, 다나카 씨는 주민 조합 내에서 이 소리 저 소리를 떠벌리는 습관이 있었는데 처음에는 교류하던 사람들도 말의 앞뒤가 안 맞으니까 점점 다나카 씨를 피하게 되었다고 한다. 게다가 전부 거짓말이나 망상이 아니어서 이야기가 괜히 더 복잡해진 적이 많았다고 한다.

"그래서 동네 분들이 당신을 싫어하니까 그 짜증을 저한테 퍼부으셨을 거예요. 그래도 원래 그런 분인 걸 알고 소탈한 면도 있어서 저는 싫지 않았는데, 하지 않은 일을 했다고 하는 건 곤란했어요. 남편이 있을 때는 그이가 제 편을 들어줬는데, 떠난 후로는 조금 괴로웠어요."

"실례지만 다나카 씨에게서 아드님이 떠난 후 유산 상속이 복잡해져서 이 근처에 상담해주는 선생님이 계신다고 들었는데, 그 일은 무사히 해결되었나요?"

아키코가 조심스럽게 묻자, 치에 씨가 길게 한숨을 쉬었다.

"그런 선생님은 없어요. 저도 다른 사람한테 상담 같은 거 안 했고요. 제가 시어머니의 저금을 노린다느니, 통장을 훔쳐봤다느니 하는 소리를 하셨겠죠?"

아키코가 말없이 고개를 끄덕이자, 치에 씨가 씁쓸하게 웃었다.

"동네뿐 아니라 여기까지 와서 거짓말을 하셨네요. 그래도 가요 씨와 친하셨다는 건 거짓말이 아닐 거예요. 젊었을 때 얘기를 종종 해주셨는데, 늘 가요 씨 성함이 나왔으니까요. 그러니 어머님에 관해 하신 말씀은 사실이었을 거예요."

"네, 저도 거짓이라고 생각하지 않아요. 엄마가 건강했을 때 다시 만나셨으면 좋았을 텐데. 두 분 모두 저세상에 가셨으니 거기에서 만나셨을지도 모르겠어요."

"네."

치에 씨는 조금 마음이 편해진 것 같았다.

결혼한 직후부터 치에 씨는 일을 그만두지 않는다고 시어머니에게서 계속 불평을 들어야 했다. 편을 들어주던 남편이 떠났을 때도 "우리 아들도 사실은 일을 그만두길 바랐는데 그걸 꾹 참느라 스트레스가 쌓여서 병에 걸린 게 분명해"라 며 치에 씨가 병의 원인이라는 듯이 말했다.

"저는 시어머니에게 기댄 적 없어요. 어린이집에 보내고 데려오는 것도 남편과 분담해서 했고, 나중에 무슨 말을 들을 지 모르니까 시어머니에게 아이를 봐달라고 절대 부탁하지 않았어요. 남편이 떠난 뒤에는 조금이라도 수입을 늘리려고 그때까지는 안 했던 야근도 시작했거든요. 그랬디니 아이를 방치한다는 거예요. 제가 며느리가 된 것 자체가 싫으셨던 거 겠죠."

치에 씨는 밝은 표정으로 웃어본 적 없는지, 미소가 전부 쓴웃음이었다.

"이제 안정되셨나요?"

아키코가 묻자, 치에 씨는 또 쓴웃음을 지으며 대답했다.

"음, 그러네요. 양쪽 어깨에 올라간 추 같은 게 사라진 것 같아요."

신혼 때부터 시어머니에게 미움받았고 의지했던 남편은 급사한 데다, 잘 맞지도 않는 시어머니와 계속 살아야 했다. 아무리 아이가 있더라도 지금까지 매일 얼마나 괴로웠을까,

아키코는 치에 씨의 고생을 헤아렸다.

"다나카 씨도 마지막에는 고마워하셨을 거예요."

"음, 그건 아닐 거예요. 문병을 가도 손주가 가면 좋아하는데 '네 얼굴을 보면 나을 것도 안 나으니까 일 다 봤으면 냉큼 가'라고 말하셨어요."

치에 씨도 이렇게까지 시어머니를 성심성의껏 모시는데 너무하다는 생각이 들었고, 그런 소리를 들으면 '얼른 집에 가서 쉬어야지'라고 마음을 바꿨다고 한다. 아이를 병실에 남기고 복도 로비에서 기다리면, 밖으로 나온 아이가 "엄마한테 이상한 소리 하지 말라고 할머니한테 말해뒀어"라고 화를 냈다. 그 말을 들은 할머니가 어떻게 했는지 물었더니, 고개를 휙 돌렸다고 해서 웃어버렸다고 한다.

"마지막까지 시어머니 모습 그대로여서, 우리 집에는 화해 같은 건 없었어요."

소설이나 드라마에서는 사이가 안 좋던 시어머니와 며느리가 시어머니의 임종 때 손을 맞잡고 마음을 나누는 장면도 있으나, 현실은 그게 아니라며 치에 씨는 또 쓸쓸하게 웃었다.

아키코는 뭐라고 말이 나오지 않아 가만히 있었는데, 치에 씨와 눈이 마주쳐서 같이 "후후후" 하고 웃고 말았다.

"그래도 어머님도 떠나셨으니까 앞으로 자녀분과 둘이 자유로우시겠어요."

"네, 맞아요."

처음으로 씁쓸하지 않은 미소를 봤다.

치에 씨가 일하는 회사는 여성 사원에 대한 복리후생이 좋고 정년까지 안심하고 일할 수 있다고 한다.

"이런 가게를 운영하신다니 근사해요. 저한테는 꿈만 같은 인생이에요."

치에 씨는 긴장이 풀렸는지 등을 펴고 가게를 둘러보았다.

"고맙습니다. 저는 혈혈단신이어서, 일해주는 직원을 비롯해 주변 분들의 도움을 받으며 지금까지 해 오고 있어요."

"……모든 것을 다 가진 사람은 없을지도 몰라요."

"다들 저마다 가진 것과 가지지 못한 것이 있으니까 다른 사람과 비교할 필요는 없어요."

아키코가 차분하게 말하자, 치에 씨는 말없이 고개를 끄덕였다.

그때 문이 열리고 여성 셋이 들어왔다.

"어서 오세요."

주방에 있던 시마 씨가 나왔다.

"갑자기 찾아와서 미안해요. 게다가 일하시는 중인데. 시어머니가 정말 큰 신세를 졌습니다. 불쾌한 점도 있었겠지만, 부디 용서해주세요."

치에 씨가 다시 깊이 고개를 숙였다.

"이제부터 학창 시절 친구와 영화를 보러 가요. 아이가 동아리 합숙을 가서 없거든요."

이번에는 쓴웃음이 아닌 웃는 얼굴이었다.

"즐거우시겠어요. 이렇게 와주셔서 감사합니다."

아키코가 문밖으로 나가 치에 씨를 배웅했다.

가게로 돌아오자, 시마 씨가 이미 테이블 위의 커피를 정리한 뒤였다. 시마 씨는 주방에서도 플로어에서도 정말 가뿐하게 움직여준다. 손님 중 두 사람이 새로운 메뉴를 주문해서, 시마 씨가 바짝 긴장한 채 아보카도 버무리를 만들었는데, 만들 때마다 점점 솜씨가 좋아졌다. 금방 세 사람의 음식을 준비했다. 트레이를 가지고 가자, 그들은 "와, 맛있겠다!" 하고 외치며 보는 사람이 기분 좋을 정도로 샌드위치를 야금야금 먹었다.

"역시 간식으로 먹는 빵으로는 기운이 안 나. 이건 맛있다."

"맞아. 잠깐은 괜찮아도 배가 오래 든든하질 않아. 진짜 맛있네?"

"맛있어라. 가끔은 이렇게 제대로 된 샌드위치도 먹어야 한다니까."

세 사람이 맛있다고 하도 연발해서 아키코와 시마 씨는 주방 구석에서 고개를 푹 숙이고 웃었다.

"아, 아주머니가 또……."

시마 씨가 나직한 목소리로 속삭였다. 찻집 아주머니가 또 창문 너머로 안을 빤히 들여다보고 있었다.

"매일 우리 가게를 들여다보시는데 뭐 재미있는 거라도 있을까?"

"하루 한 번은 들여다보지 않으면 컨디션이 나빠지는 체질일지도 몰라요."

시마 씨는 진지한 표정이었다. 크게 웃으면 안 되니까 아키코는 차오르는 웃음을 꾹 참았다.

"잘 먹었어요."

그때 여성들의 활기찬 목소리가 들렸다. 개업 이래 최고로 짧지 않을까 싶은 식사 시간이었다. 계산하며 손님 중 한 명이 아키코에게 이제부터 저 앞의 노래방에 간다고, 상점가 안에 있는 노래방 이름을 댔다. 얼마 전 새롭게 리모델링 공사를 했다고 가게 앞에 커다란 포스터가 붙은 것을 본 참이었다.

"밤늦게까지 노래하시려고요?"

"음, 새벽 5시까지 할 생각이에요."

"새벽이요?"

그래서 가볍게 배를 채우러 왔다고 한다. 가볍게? 아키코가 되묻자, 노래하다 보면 또 배가 고파질 테니까 피자, 파스타, 닭튀김, 감자튀김 등을 먹을 거라고 대답했다.

"얼마 전에 경마에서 돈을 땄으니까 오늘은 조금 호화롭게 놀 거예요."

"그러셨군요? 대단하세요."

아키코가 놀라자, 손님들은 마치 통통 튀는 것처럼 기쁘게 가게에서 나갔다. 시간적으로도 재료적으로도 오늘의 마지막 손님들이었다.

"와주셔서 감사합니다."

그들을 배웅하고, 아키코는 시마 씨에게 문을 닫자고 말을 걸었다. 메뉴를 적은 가게 앞의 칠판을 안으로 들이고 문을 잠그려는데, 바로 옆에 찻집 아주머니가 서 있었다. 요즘은 고양이처럼 소리도 내지 않고 온다.

"아, 오늘은 이만 들어가 보겠습니다."

아키코가 인사했다.

"그래그래, 고생했어. 내 가게에서 지켜보면 말이야, 네 가게에서 나오는 사람들은 모두 행복하게 웃는 얼굴이더라."

"그런가요? 그렇다면 감사할 일이네요."

"응, 그래. 늘 지켜보고 있으니까 알아."

"기뻐요."

"그럼, 수고했어."

그 말을 남기고 아주머니는 자기 찻집으로 돌아갔다.

뒷정리를 계속하며 시마 씨가 진지하게 말했다.

"다나카 씨, 여러모로 곤란한 분이셨네요."

"왜 그렇게 된 걸까? 한 성격 하는 분이긴 했지만 그런 사람으로 보이지 않았는데."

전에 다나카 씨한테 조금 화가 났던 것은 시마 씨에게 말하지 않았다.

"그래도 장례식에 와주는 친구가 없는 건 슬퍼요."

"그러게."

"그럴 때는 직화 구이를 하려나요?"

"직화 구이?"

아키코가 잠시 생각하다가 조용히 말했다.

"그건 직장直葬이라고 해. 장례식 없이 바로 화장하는 거."

"앗, 맞아요, 그거."

시마 씨의 얼굴이 새빨개졌다.

"고인은 꼬치구이가 아니니까."

아키코는 시마 씨를 좋은 말로 타일렀으나 '직화 구이'에 완전히 꽂혀서 몸 안쪽에서부터 웃음이 치밀었다. 시마 씨도 코를 벌름거리며 필사적으로 참고 있었다. 두 사람은 너무 무례했다고 각자 반성하면서 웃음을 꾹 참고 나란히 서서 설거지를 했다.

5

가게를 닫고 3층으로 올라가자, 여전히 배고픈 고양이 형제가 머리부터 들이밀며 돌진해 왔다. 형제를 달래고 고양이 밥을 준비해 눈앞에 놓아주자, 엄청난 기세로 달려들었다. 매일 잘 챙겨주는데 왜 이렇게 걸신들린 것처럼 구는지 신기할 따름이다. 고양이들이 먹는 동안 아키코는 자기 저녁을 준비했다. 요즘은 매일 조림, 생선, 된장국을 먹는다. 조리하는 맛있는 냄새가 실내를 채우자, 고양이 형제가 지금 막 밥을 먹었으면서 콧구멍을 한껏 넓히고 벌름거렸다. 자기들이 먹을 수 없는 냄새라는 걸 알았는지, 이번에는 두 마리가 안아달라고 조르기 시작했다. 늘 그렇듯이 응석꾸러기인 론이 다섯 번

우는 동안 타이가 두 번 조르는 비율인데, 어느 쪽이든 조금 시끄럽다.

"밥을 다 먹을 때까지 기다려. 알겠지?"

아키코가 잔소리하자 형제는 앞발을 동동거리며 빨리빨리 하고 재촉했는데, 완성한 요리를 먹으며 힐끔 보자 두 마리가 엉켜 자고 있었다. 저 자세는 깊은 숙면이 아니라 그냥 시간을 보내기 위한 용도다. 그 증거로 아키코가 다 먹고 식기를 포개 일어나자, 자고 있었을 두 마리가 눈을 번쩍 뜨고 "야옹, 야옹" 하고 또 울기 시작했다.

"알았어. 오래 기다렸습니다."

아키코가 말을 거는데, 두 마리는 이미 일어나서 안아달라고 조르는 자세를 취했다.

"자, 이리 와."

아키코가 앉자 두 마리가 무릎 위로 날아와 각자 아키코의 오른팔과 왼팔로 나뉘어 안겼고, 무릎 위에서 빙글빙글 돌며 편한 자세를 찾으려 했다. 곧 두 마리는 대칭형으로 팔에 턱을 올리고 "그흥" 하고 콧소리를 내며 눈을 감았다.

"역시 형제라니까."

의논한 것도 아닐 텐데 자는 자세도 똑같다. 안심할 수 있는 아키코의 무릎 위에서 두 마리는 금세 "그흐응, 그흐으응"
하고 코를 졸며 잠들었다.

아키코는 약 한 시간가량 그 자세로 가만히 있었다. 무릎
위에 고양이를 앉히면, 고양이 몸에서 수면유도제라도 나오
나 의심이 들 정도로 잠이 쏟아진다. 무심코 눈을 감으려다가
번쩍 눈을 뜨고 '아이고, 참. 아직 설거지도 안 했고 목욕할
준비도 해야지' 하고 무릎 위의 형제를 봤다. 그러자 론이 '왜
그래?'라고 묻는 듯한 눈으로 빤히 올려다보았다.

"아, 일어났니?"

론이 목 안까지 보일 정도로 크게 하품했다.

"어쩜, 입이 이렇게 깨끗해?"

칭찬하는 걸 알아들었는지 론이 의기양양한 표정을 짓더
니, 무릎에서 바닥으로 뛰어내려 물을 마시기 시작했다. 타이
는 깊이 잠들었다. 론은 물을 마신 후, 자기 침대로 옮겨가 몸
단장을 시작했다. 계속 자던 타이도 10분 후에 일어나 마찬
가지로 물을 마시고 멍하니 창밖을 내다보았다. 아키코가 커
튼을 젖혀주자, 바깥 경치를 빤히 바라보았다. 찻집 아주머니
의 가게를 보니, 중년 남녀가 문을 열고 들어가는 참이었다.

"자, 뒷정리를 해 보실까?"

아키코는 싱크대에 놓아둔 식기를 설거지하며 형제가 어쩌고 있는지 지켜봤는데, 론은 여전히 몸단장에 여념이 없고 타이는 조금 떨어진 곳에서 마찬가지로 몸단장을 시작했다. 설거지를 마치고 아키코가 다시 돌아보자, 두 마리는 바닥에 누워서 자고 있었다. 식기를 천으로 닦고 식기장에 넣은 뒤에 다시 보자, 두 마리 모두 의논이라도 한 것처럼 하늘을 보고 배꼽까지 드러내며 벌러덩 누워서는, 다리는 물론이고 가랑이까지 쩍 벌리고 있었다. 제법 체격 있는 고양이 형제가 온 사지를 벌리고 자는 모습은 "저 꼴이 대체 뭐람" 말고는 할 말이 없었다.

"정말이지, 너희 뭐니?"

아키코가 웃으며 사진을 찍었다. "시마 씨한테 보여줘야지" 하고 싱글거렸다.

욕조에 물을 받아 목욕 준비를 하는데 집 전화가 울렸다. 허둥지둥 욕조 수도꼭지를 잠갔는데, 휴대전화가 아니라 이쪽에 오는 전화라면 광고이겠다 싶어 조금 기분이 우울해졌다. 수화기를 들어 귀에 댔다.

"여보세요, 아키코? 오랜만이야. 나 모토코야. 이시야마 모토코."

"어, 이시야마 모토코? 중학생 때……."

"맞아, 같은 반이었지. 갑자기 미안해. 연락이 닿아서 다행이다."

모토코의 모습이 머릿속에 반짝 떠올랐다. 반에서 제일 키가 크고 다정하기로도 최고였던 친구다. 공부도 잘해서 고등학교를 졸업한 뒤 미국의 대학에 입학했고 그대로 대학원까지 진학해서 일본에 돌아오지 않을 거라는 이야기를 학창 시절에 들었다.

"몇십 년 만이지?"

"후후후, 말로 하는 게 두려울 정도야."

"너 유학 갈 때 배웅하러 간 게 하네다였나?"

"맞아, 그랬어."

두 사람은 잠깐 예전 이야기를 나눴다.

"미안해, 일이 있어서 연락했을 텐데."

아키코가 정신을 차리고 사과하자, 모토코도 목소리 톤을 낮췄다.

"저기, 좋은 이야기는 아닌데, 구니코 기억하니?"

"구니코라면, 중학생 때 너랑 같이 학급위원이었던 애지. 당찼던……."

"맞아. 그 구니코 말인데, 죽었어."

"어, 정말?"

아키코는 그 사람을 그리 좋아하지 않았고 친하지도 않았다. 아키코가 다녔던 학교는 중학교 3년 내내 반이 바뀌지 않았고, 고등학교에 올라가면서 편성이 달라졌다. 고등학생 때는 구니코와 같은 반이 아니어서 교내에서 보기만 했지 대화한 기억은 없다. 모토코는 참 다정한 사람인데, 구니코는 아키코의 가정을 두고 늘 무시하는 발언을 했다. 입학하기 어려운 명문대에 가서 그에 어울리는 상대와 결혼해 우수한 자식을 낳아 키우겠다고, 그 시절부터 주장했던 사람이다. "우리 반에는 이 학교에 어울리지 않는 사람이 있어"라느니 "아버지가 없는 가정의 딸 말이야" 같은 소리를 들으라는 듯이 했다. 아키코의 이름을 직접 거론하지 않아도 당연히 동급생들은 아키코를 말하는 줄 안다. 그런 말에 동조하는 사람은 거의 없고 대부분 입을 다물고 있었는데, 모토코 이외의 두세 명이 "그런 말은 하면 안 돼"라고 반박해주었다.

딱히 구니코를 싫어하진 않았는데, 나서서 친해지고 싶진 않은 사람이었다.

모토코의 이야기를 들어보니, 구니코는 고등학교와 같은

재단이어서 시험 없이 입학할 수 있는 대학이 아니라 명문대에 합격했고, 졸업해서는 관청에 들어갔다고 한다.

"구니코답네."

단순히 용모에서 느낀 이미지이긴 해도 잘 어울린다 싶어서 아키코는 고개를 끄덕였다. 그 후, 동료와 결혼했으나 40대 후반에 발병해서 수술과 요양을 반복했다. 그러다가 어제 세상을 떠났다는 것이다.

"자식은 없고, 투병 중에 남편이 바람을 피워서 정신적으로도 육체적으로도 힘들었다고 해."

모토코가 우울한 목소리로 말했다.

"그랬구나."

구니코는 본인의 이상과 전혀 다른 인생에 얼마나 속이 탔을까.

모토코가 구니코 장례식에 관해 상세히 알려주었다. 원래 성씨가 아닌 것으로 보아 이혼은 안 했나 보다. 올 수 있으면 장례식장에서 보자면서 모토코가 전화를 끊었다. 수화기를 내려놓고 힐끔 고개를 돌리자, 평소와 다른 분위기를 알아차렸는지 고양이 형제가 각자 누운 채로 아키코를 빤히 바라보았다.

"괜찮아, 별일 아니야. 안심하렴."

아키코가 말을 걸자 두 마리는 마음을 놓았는지 다시 눈을 감고 잠들었다.

다음 날, 시마 씨에게 구니코 이야기를 들려주었다.

"능력 있는 분이셨네요. 그래도 자기 분수에 맞지 않게 너무 큰 희망을 품으면, 꿈을 이루지 못했을 때 괴로울 것 같아요."

시마 씨가 슬픈 표정을 지었다.

"그건 아니야. 그 친구는 절대로 과한 희망이라고 생각하지 않았어. 자긴 당연히 할 수 있다고, 틀림없이 이룰 수 있다고 자신만만했어."

"오호."

시마 씨의 눈이 동그래졌다.

"그만큼 대단하셨군요. 병은 어쩔 수 없는데 자존심이 높은 분이니 남편의 배신이 너무 분해서 화가 났겠어요."

아키코는 쿨뷰티라는 말이 어울리는 구니코의 냉랭한 얼굴을 떠올렸다.

"성격이 그래서 남편도 싫어진 것 아닐까요?"

시마 씨가 담백하게 말해서 아키코도 "그러게, 그럴지도 모르지" 하고 대답하고 오픈 준비를 시작했다.

손님도 줄기차게 들어왔고, 이따금 찻집 아주머니가 찾아오는 것도 평소와 같았다. 무사히 하루를 마쳤다.

"내일은 쉬는 날인데. 힘드시겠어요."

퇴근하면서 시마 씨가 정기 휴일인 내일 저녁부터 장례식 밤샘에 참석하러 가는 아키코를 위로했다.

"나 정도 나이가 되면 이런 일이 많아지니까. 시마 씨가 가는 건 아직 축하할 행사들이지? 슬프지만 어쩔 수 없어."

시마 씨는 성실한 표정으로 이야기를 들었다.

"그럼 가보겠습니다. 감사합니다."

그렇게 동아리 활동을 마칠 때처럼 인사하고 돌아갔다. 아키코는 어깨 듬직한 뒷모습을 배웅했다.

"맞다. 상복을 준비해야지."

아주머니가 나오려나 싶어 찻집 쪽을 봤는데, 손님이 많아서 바빠 보였다. 아키코는 셔터를 내리고 집으로 올라갔다.

늘 그렇듯이 고양이 형제의 돌진이나 경쟁하듯이 애걸복걸인 애정 표현을 받아내며 안아주고 밥을 줘 간신히 진정시킨 뒤, 아키코는 간단히 저녁을 먹고 상복을 꺼냈다. 옷깃 주변에 작게 프릴이 달린 재킷과 원피스 세트다. 이걸 마지막으로 입은 것은 엄마 장례식이었다. 다행히 그 후로 지금까지 입을 일이 없었는데, 설마 예전 동급생의 장례식에 가느라 입게 될 줄은 상상도 못 했다.

옷걸이를 중인방에 걸고 양복용 브러시로 가볍게 쓸었다. 회사에 다닐 적에는 상복이 필수품이라 회사 사물함에 넣어 두었다. 까만 정장이라는 이유만으로 옷 가격이 무섭도록 비싸지니까 그때는 까만 테일러칼라 재킷에 스커트 정장을 상복 대신으로 입었다. 고령 작가의 장례식 도우미로 가거나 상사의 대리로 참석하는 일도 있어서 많이도 입었다. 그러다가 30대 후반이 되어 역시 제대로 된 상복이 있어야겠다고 생각해 가게에 가서 같은 디자인의 정장을 샀다.

지금 앞에 걸어둔 상복은 회사를 그만두기 직전, 앞으로 많아질 사적인 장례식을 위해 샀다. 처음에는 새로 살 것 없이 회사 생활하며 입던 옷을 활용하면 된다고 생각했다. 젊었을 때는 괜찮았는데, 재질이 더 좋아진 옷인데도 회사 거울에 비친 자기 모습이 너무 어색해 보여서 놀랐다. 디자인이 단순한 정장은 너무 평범해 보였고 심지어 늙어 보였고 문상객이 아니라 장례 회사 쪽 사람으로 보였다. 이러면 안 되겠다 싶어서 조금 장식이 있는 상복을 골랐다. 그 후로 까만색의 단

조로운 정장은 출동할 기회가 없었다. 시험 삼아 그것도 꺼내 몸에 대봤으나, 그런 옷이 어울리는 분위기는 되찾지 못했다.

점검해보니 상복에 문제는 없었다. 신발장에서 구두 상자를 꺼내, 요즘은 신지 않는 펌프스를 꺼냈다. 이쪽도 딱히 문제 될 것은 없었다.

"맞다, 가방이랑 스타킹도. 아, 부의금 봉투가 있던가?"

아키코는 갑자기 당황해서 경조사용 서랍을 열었다. 필요한 물품이 일단은 들어 있는 것을 보고 안심했다.

상복에 고양이 털은 무서운 적이니, 다음 날 아키코는 옷을 갈아입기 전에 더는 포옹하자고 조를 마음이 들지 않을 정도로 고양이 형제를 듬뿍 예뻐해줬다.

"오늘은 잠깐 나갔다 올 거니까 사이좋게 집 보고 있어야 한다?"

그렇게 말하자, 사랑받아 대단히 만족한 형제는 "야옹", "먀 옹" 하고 기분 좋게 대답하고 털썩 누워서 눈을 감았다. 십분 정성 들여 브러시로 상복을 빗고, 옷을 갈아입은 후에도 돌돌 이로 고양이 털을 제거했다. 이렇게까지 조심하는데 고양이 털은 왜 꼭 발견되는 걸까. 고개를 갸우뚱하며, 익숙하지 않은 상복을 입고 밖으로 나갔다.

밖으로 나가자마자 찻집 아주머니와 마주쳤다.

"응? 도대체 무슨 일이야?"

찻집 아주머니가 눈을 동그랗게 뜨고 아키코의 머리 꼭대기부터 발끝까지 몇 번이나 훑어보았다.

"중학생 때 같은 반이던 친구가 떠났어요. 이제부터 밤샘에 참석하려고요."

"어머나, 세상에 그랬구나. 아직 젊은데 너무 안됐어."

"고등학생 때는 다른 반이어서 이후로 친분은 없던 사이지만요. 그저께 연락을 받았어요."

"아키코도 벌써 그런 나이가 됐구나. 고인의 명복을 빕니다. 어쩌면 아직 부모님이 건재하실 수도 있겠네."

"그럴지도 모르겠어요."

"괴롭지, 자식을 먼저 앞세운 부모의 심정은. 그것도 운명이라면 운명이지만."

아주머니가 심각한 표정으로 무언가 생각에 잠겼는데, 퍼뜩 정신을 차렸다.

"붙잡아서 미안해, 조심해서 다녀와. 아, 그리고 돌아와서 정화할 때 말 걸어줘. 내가 해줄 테니까."

그러면서 가게로 들어갔다.

"고맙습니다."

아키코는 꾸벅 인사하고, 모토코가 가르쳐준 교외 장례식장으로 갔다.

안에 들어가면 장례 담당자도 있을 텐데 모토코가 입구에서 기다리면서 학창 시절 문상객에게 말을 걸었다. 역시 학급위원을 하던 사람은 몇십 년이 지나도 마음가짐이 달라지지 않는 법이다 싶어 아키코는 감탄했다.

"연락해줘서 고마워."

"에이, 무슨 소리야. 다들 저쪽 방에 모여 있으니까 가봐."

소곤소곤 대화를 나누고, 아키코는 안내받은 방으로 들어갔다. 그리운 얼굴들이 모여 있었다. 그러나 장소가 장소이니 대놓고 옛정을 나눌 수도 없어서 목소리를 낮추고 재회의 인사를 나눴다. 다들 오십 살을 넘었으니 그럭저럭 나이를 먹었는데, 얼굴에 당시 생김새가 남아서 학창 시절 모습이 생각났다.

"다들 변했는데…… 변하지 않았네."

아키코가 옆에 앉은 나나코에게 속삭였다.

"그렇지? 졸업하고 몇십 년이나 지났는데 이렇게 만나면 그때 당시로 돌아간다니까. 아쉽게도 생김새나 스타일은 돌아가지 않지만."

나나코가 입가를 까만 레이스 손수건으로 가리고 후후 웃었다. 나나코는 테니스 동아리에서 활약했다. 지금도 얼굴이 볕에 탔고 팔뚝도 튼튼해 보였다.

"요즘도 테니스 계속하는구나?"

나나코가 크게 고개를 끄덕였다. 테니스로 인연을 맺어 결혼했고, 육아 중에는 그만뒀지만 자식이 자란 후에는 부부가 함께 테니스 동아리에 들어가서 주말에는 반드시 코트에 서서 공을 친다고 했다.

"건강하다. 나는 계속 실내에 틀어박혀 있으니까 틀림없이 운동 부족일 거야."

아키코의 말을 듣고 나나코가 고개를 저었다.

"어느 정도 나이를 먹으면 운동도 적당히 해둬야 해. 무리하는 건 절대로 안 되고. 우리 남편은 지난주에 플레이하다가 허리를 삐끗해서 큰일이었어. 환갑 생일 다음 날에 허리나 삐다니 당신 어쩔 거냐고 잔소리를 해줬다니까. 매일 아프다고 끙끙거려."

영원히 청춘은 아니라는 생각이 들었다. 동급생이 세상을 떠날 나이가 되었고, 주변에서 들리는 대화에 귀를 기울이니 부모 간병 문제나 본인과 남편의 건강, 자식의 취직 이야기가 대부분이었다. 결혼도 안 했고 아이도 없는 아키코는 세월의 흐름을 주변에서 직접 눈으로 보고 확인할 방법이 없다. 남편과 아이 이야기를 나누는 동급생을 보며, 아키코는 자신이 인간적인 성장을 제대로 못 한 채 이 나이까지 엉거주춤하게 세월을 보낸 것 같다고 생각했다.

아키코를 보고 동급생들이 다가와서 조용히 인사를 나눴는데, 구니코의 부모님이 방에 들어왔다.

"오늘 바쁘신 와중에도 이렇게 와주셔서 감사합니다. 구니코를 위해 모여주셔서……. 딸도 기뻐할 거예요."

어머니가 가느다란 목소리로 인사했다. 중학교 때 수업 참관일에 왔을 테지만, 얼굴을 기억하지 못했다. 옆에서 아버지가 연신 고개를 숙였다.

"작별 인사를 해주십시오. 부디 잘 부탁드립니다."

부모님의 목소리가 점점 작아지더니 몸을 잔뜩 웅크리고서 방을 나갔다. 그 시들어버린 뒷모습을 보는데 슬픔이 북받쳤다. 아키코에게 구니코는 친한 친구도 아니었고, 호감을 품은 사람도 아니었다. 그래도 그렇게 능력 있고 당당한 자존심을 지녔던 사람이 50대에 생을 마쳐야 했던 점이 너무도 안타까웠다. 구니코가 어떤 사람이었는지는 지금 문제가 아니다.

그저 딸을 먼저 보낸 부모님의 슬픔만이 가슴에 밀려들었다.

타로가 갑자기 떠났을 때…… 아키코는 그때를 떠올리면 지금도 눈물이 났다. 고양이와 인간을 똑같이 여겨서 면목 없지만, 그때 아키코가 기력을 잃었던 것 이상으로 구니코의 부모님은 통곡하는 나날들을 보내겠지. 누구나 나이를 먹으면 매일 안온하게 살고 싶다고 바랄 텐데, 그러지 못하게 되었다. 심지어 가장 괴로운 슬픔이 덮친 구니코의 부모님에게 건넬 위로의 말도 찾을 수 없었다.

방에 있던 모두가 같은 마음일 것이다. 부모님이 나간 뒤로는 뭔가 말하는 것도 망설여져서 방이 고요해졌다. 곧 부모님과 교대하는 것처럼 장례식장의 여성 직원이 들어와 식이 시작된다고 알려줘서 회장으로 이동했다. 안으로 들어가자 정면에 구니코의 영정사진이 걸려 있었는데, 아키코는 그걸 보고 숨이 막힐 것 같았다. 예전 모습이 남아 있으면서도 더욱 당차고 똑똑한 면이 전면으로 드러난 쿨하고 아름다운 얼굴을 바라보았다.

아키코는 나나코와 모토코 사이에 앉아 유족석을 바라보았다. 제일 앞에 초로의 남성과 부모님, 갈색 머리의 중년 여성과 중학교 교복을 입은 남매로 보이는 아이들이 앉아 있었다.

"저 남자가 남편이고 부모님 옆이 여동생이랑 조카들일 거야."

모토코가 조용히 알려주었다.

"여동생은 분위기가 상당히 다르네."

"중학생 때부터 구니코, 여동생을 되게 나쁘게 말했었어. 머리가 나쁘다느니, 가족의 수치라느니."

"어머, 그랬어?"

"그랬다니까. 부모님은 여동생을 우리 학교에 보내고 싶어 했는데 학교 선생님이 안 된다고 했대. 구니코는 그게 수치스러웠나 봐. 학급위원 회의 때면 맨날 여동생이 동네 공립 중학교에 들어가서 한심하다고 불평만 했었어."

"그런 소릴 굳이 해도 참."

"뭐, 그래도 구니코가 그런 애였잖아. 자기 가족이 수준 미달인 걸 참을 수 없었겠지."

"그래도 여동생은 행복해 보인다. 이런 자리에서 말하는 것도 이상하지만."

"그러게. 아이들도 의젓하고."

나나코가 옆에서 고개를 끄덕이며 동의했다.

잠시 후 독경이 시작되었고, 분향하는 줄이 생겼다. 아키코도 분향을 마치고 자리에 앉아 한숨 돌리고서 또 유족석을 바라보았다.

'저 사람이 구니코가 투병 중인데도 바람을 피웠구나.'

남편은 성실해 보였다. 그래도 구니코와의 결혼 생활이 쉽지 않았을지도 모른다고 생각했다. 부부 일은 부부만이 안다. 어쨌든 구니코가 이 세상에서 떠난 것만이 사실이었다.

분향을 마친 문상객은 컨베이어 작업처럼 별실로 안내받았다. 아키코는 방에 준비된 초밥을 한 점 두 점 먹으며 예전 친구들과 대화를 나눴다. 아키코가 지금 어떻게 지내는지 아는 사람도 있고 모르는 사람도 있었다.

"아키코, 대단하다. 가게를 경영한다면서?"

딱 봐도 유복해 보이는 마유미가 다가왔다. 상복 차림인데도 화사한 분위기를 풍겼다. 중학생 때부터 왠지 모르게 화사하고 느긋한 분위기였는데 지금도 여전히 그때 모습을 유지해서 감탄했다.

"엄마 가게를 손봐서 다시 열었을 뿐이야. 전부 다 엄마한테 받은 거야."

"그래도 경영자는 쉽지 않잖아. 멋지다."

"언제까지 할 수 있을지 모르지만."

"아키코라면 괜찮아. 야무지잖아. 나 기억한다? 운동회 연습할 때, 내가 단체 체조를 너무 못해서 우물쭈물하다가 맨날 선생님한테 혼났거든. 그랬더니 네가 '마유미에게 그 포지션은 어려우니까 다른 사람과 바꾸는 게 좋겠어요'라고 선생님한테 말해줬어."

"어머, 미안해. 기분 나쁘지 않았어?"

"아니야, 기분 나쁘기는. 나는 못 하는 말을 선생님한테 해줘서 마음이 놓였어. 진짜 싫었다고 생각했어. 그때 고맙다는 말을 안 했지. 너무 늦었지만 고마웠어."

마유미가 진심을 담아 말했다. 본인은 기억 못 하는데 다른 사람은 기억하는 일이 아주 많을 것이다. 그 일이 그 사람에게 기쁜 일이라면 좋겠지만, 그렇지 않은 사건이 더 많을지도 모른다. 지금 마유미가 해준 말은 기뻤지만, 어쩌면 예전에 같은 건물에서 공부했던 여기 있는 사람 중에 굳이 말은 안 하지만 자신 때문에 불쾌한 경험을 했던 사람이 있을 수도 있다는 생각이 들었다. 아키코는 복잡한 기분으로 의자에 앉아, 구니코와 인연 있는 사람들이 모인 방을 둘러보았다.

예전 동급생들과 연락처를 교환한 뒤, 아키코는 집 근처 역에 도착했다. 찻집 아주머니의 가게 상황이 어떨지 밖에서 들여다봤는데, 카운터 너머에 있던 아주머니가 밖으로 나와 손을 내밀었다.

"고생했어. 그럼 정화할까?"

아키코가 부의금과 교환하는 형태로 받은 답례품 손가방에서 작은 종이 꾸러미를 꺼내 건네자, 아주머니는 소리 나지 않게 조용히 꾸러미를 뜯어 안에 든 소금을 아키코의 상복에 폴폴 뿌렸다.

"고맙습니다."

"동급생이 고인이 되다니 마음 아프지. 자식은?"

"없어요. 남편과 사이가 좋지 않았던 것 같아요. 그보다 부모님이 너무 안타까웠어요."

"그렇지, 정말 그래."

찻집 아주머니가 두세 번 고개를 끄덕였다.

"그럼 갈게."

그러더니 가게로 돌아갔다. 아키코는 그 모습을 배웅하고 3층으로 올라갔다.

살그머니 문을 열자마자 "우아아앙" "야오오옹" 하는 고양이 형제의 우렁찬 울음소리가 들렸다. 대놓고 불만을 터뜨리는 중이다.

"그래, 그래. 다녀왔어. 열심히 집 봐줘서 고마워."

상복에 고양이 털이 붙으면 나중에 처리하기 힘들어지니 "잠깐만 기다려. 아아, 잠깐만" 하고 외치며 달려서 형제의 공격을 피했다. 일단 상복을 벗을 생각이었는데, 상대는 아키코보다 훨씬 날쌔고 근력이 대단해서 결국 덤벼들었다.

"으악!"

일단 달라붙었으니 제 세상인 양, 고양이 형제가 골골골 목을 울리며 상복에 머리를 비볐다.

형제를 내려놓으려고 했으나 발톱을 세우고 저항했다. 억지로 떼어내려고 했다가는 틀림없이 구멍이 뚫릴 것이다.

"어휴."

어쩔 수 없이 아키코는 두 팔로 고양이 형제를 안고 침대에 앉았다. 형제가 바쁘게 아키코의 얼굴을 핥고 상복에 몸을 비벼서 순식간에 까만 상복에 고양이 털이 덕지덕지 묻었다.

"어휴."

아키코는 한 번 더 한숨을 쉬고 고양이 형제가 하는 대로 두었다.

다음 날, 어제는 부고 소식을 접하고 적지 않게 충격을 받은 탓에 시마 씨에게 깜박하고 보여주지 못한 타이와 론의

118

'배꼽 보이고 벌러덩' 사진을 보여주었다.

"아하하하하!"

시마 씨가 고양이 사진을 보자마자 마치 어린아이처럼 크게 웃었다.

"정말 대단해요. 얘들 사전에 숨긴다는 말이 없는 것 같은 모습이에요."

시마 씨는 몇 번이나 휴대폰의 사진을 들여다보며 웃고는 자기 휴대폰을 꺼냈다.

"죄송한데요, 전송해주실 수 있나요?"

그러더니 자기 휴대폰을 보고 또 웃었다.

"대체 뭘까요, 이건."

"모르겠지만……. 고양이들한테는 의도가 있을까?"

아키코가 묻자, 시마 씨가 말했다.

"그러게요, 그게 고양이의 대단한 점이라고 할 수 있겠어요."

아키코가 동의하자 시마 씨가 휴대폰을 이리저리 뒤졌다.

"왜 그래?"

"음, 타이와 론의 벌러덩에 필적할 만한 사진이 있나 찾는 중인데요…… 음, 아무래도 우리 자매는 역부족이에요."

"에이, 그럴 리가. 어느 집 고양이나 자기 나름대로 이상한 짓을 할 거야."

아키코도 옆에서 들여다보았다.

"굳이 꼽자면 이거일까요."

휴대폰 화면에 표시된 것은, 방 한가운데에 털퍼덕 누운 후미와 스미의 구도였다. 바닥에 누워 있는데 두 마리 다 앞발과 뒷발 포지션이 도대체 어떻게 하면 저렇게 되는지 묻고 싶을 정도로 묘히게 꺾여 있었다.

"아하하, 이거 재밌다."

아키코가 웃자, 시마 씨가 "정말요? 다행이다"라며 만족스럽게 웃고 다시금 화면을 들여다보았다.

동물은 참 고마운 존재다. 슬픈 일이 생겼을 때, 동물은 위로하는 말을 건네는 것도 아닌데, 그저 자연스럽게 있기만 해도 사람들의 마음을 달래주고 웃게 해준다. 타로가 떠난 것처럼, 타이도 론도 후미도 스미도 순서대로 간다면 자신들보다 먼저 떠난다. 영원히 살아주는 것도 문제이고, 생물에게 목숨이 끝날 때가 있는 것은 당연하지만, 나이를 먹을수록 그 사실이 절실히 다가왔다. 아키코는 웃으면서도 조금 쓸쓸함을 느꼈다.

6

쉬는 날, 아키코는 갑자기 절에 가고 싶어졌다. 부모나 부모 친구분은 나이로 따져 어쩔 수 없다지만, 이제 동급생까지 떠나는 나이가 되었다는 것을 알자 자신의 미래를 생각하게 되었다. 환갑은 당연히 찾아오고, 1년이 지나는 속도를 생각하면 전기 고령자, 그리고 후기 고령자가 되기까지 순식간이다(65세 이상 고령자 중, 65세에서 74세까지의 노인을 전기 고령자, 75세부터를 후기 고령자로 나눈다-옮긴이). 나이를 먹는 것은 싫지 않지만, 노인이 되는 날은 반드시 오므로 무시할 수 없었다.

아키코가 외출 준비를 시작하자 묵직한 형제는 평소 휴일과 다르다는 것을 알아차렸는지 아키코를 올려다보며 야옹아옹 입을 모아 울어댔다. 두 마리가 나란히 커다란 머리를 아키코의 두 다리에 꾹꾹 눌러댔다.

"금방 다녀올 거야. 집에 오면 놀자."

두 마리는 한동안 아우성쳤으나 부루퉁하게 잠들었다. 아키코가 옷을 갈아입고 "미안해. 정말 금방 올 거야"라고 말을 걸자, 타이가 오른쪽 눈을 뜨고 아키코를 힐끔 보더니 "후웅" 하고 콧김을 내뿜었다. 론은 완전히 무시했다.

"다녀올게."

아키코는 후후 웃으며 집에서 나왔다.

평일 오전의 전철에 탄 아키코는 승객을 바라보았다. 일곱 명이 앉을 수 있는 의자에 다섯 명이 앉았는데, 그중 세 사람이 손에 든 스마트폰에서 시선을 떼지 못했다. 다른 한 남성은 스포츠 신문을 읽었고, 마지막인 나이 든 여성은 눈을 지그시 감고 있었다. 다른 좌석을 봐도 거의 절반 이상이 스마트폰을 쥐고 있었다. 그중에 책을 읽는 남성이 있었는데, 도서관 장서 스티커가 붙은 베스트셀러 미스터리 소설이었다.

'과연. 세상이 이렇게 되었구나.'

출판사를 그만두고 몇 년이 지났으나, 아무래도 책을 읽는 사람이 신경 쓰인다. 휴대폰이 보급되기 전에는 전철에서 문

고본이나 주간지, 신문, 만화를 읽는 사람이 많았는데 지금
은 그들이 소수파다. 가끔 단행본을 읽는 사람이 있어도 도서
관의 투명한 필름 커버와 장서 스티커가 붙어 있어서 솔직히
'아이고' 하고 생각하게 된다.

언제던가 회사 후배가 전화를 걸어서 "아키코 선배, 딱 적
절할 때 그만두셨는지도 몰라요"라고 말했다. 아키코가 일을
그만둔 가장 큰 이유는, 회사 내에서는 승진이라지만 전혀 흥
미 없는 경리부로 이동 발령이 났기 때문이었다.

"책이 정말 안 팔려요. 예전에는 베스트셀러가 나오면, 그
책을 읽고 줄기 뻗는 것처럼 다른 책에도 흥미를 보여서 다
양한 책이 움직였는데, 요즘은 딱 베스트셀러만 팔려요. 거기
에서 다른 책으로 확장이 안 돼요. 단순히 유행하는 책을 읽
었다고 말하고 싶은 사람이 많을 뿐인가 봐요."

그래도 여전히 책을 사주는 사람이 있어서 감사하다.

"아키코 선배가 경리 책임자가 되었다면 너무 비참해서 아
연실색했을 거예요. ○○ 선생님이요, 아키코 선배도 전에 담
당하셨죠."

그 ○○ 선생님은 그 당시 베스트셀러 작가로, 아키코도
사인회를 위해 그와 함께 도쿄의 대형 서점이나 지방 도시의

서점을 다녔던 기억이 있다. 단행본 초판이 20만 부 이하로 내려간 적이 없다.

"그랬는데 지금은 초판이 잘해봤자 1만 5천 부예요. 이런 상황에서 앞으로 5년 후에 우리 회사가 있기나 할지 잘 모르겠어요."

만약 회사를 그만두지 않고 순순히 경리부로 이동했다면, 아무리 책의 매출에 직접 공헌하지 않더라도 판매량이 저조해 매일 같이 보잘것없는 숫자를 보느라 정신적으로 괴로웠을지도 모른다. 아키코는 편집부에 있었으니까 그런 현실을 보면 더욱 충격도 컸을 것이다. 그러니 후배는 그런 일을 겪지 않고 그만둔 아키코는 행복할지도 모른다고 말했다.

다니던 회사나 가게의 존속을 걱정하는 사이, 전철이 절 근처 역에 도착했다. 역에서 내리는 사람이 많은 것으로 보아 제법 인기 있는 동네인가 보다. 전에 왔을 때와 동네 분위기가 또 달라져서 오래된 가게가 유리 끼운 빌딩으로 바뀌거나, 세련된 오픈 테라스 카페가 생겼다. 그런 곳에는 외국인 관광객이 진을 쳤다. 아키코는 이런 쪽으로 센스가 없는 자신에 혀를 차며 전에 선물했던 화과자 가게로 갔다. 혹시 이 가게가 없어졌으면 어떡하나 불안했는데, 살림집에서 조촐하게 장사하는 중이어서 안도했다. 전에는 이 동네 전체가 왠지 모르게 그리운 분위기를 풍겼는데, 지금은 어설프게 유행을 도입한 가게가 되거나 추억을 자극하는 분위기를 강매하는 가게가 늘었다. 꽃 화분을 줬던, 틀림없이 화류계에서 일했을 여성의 집도 세로로 길쭉한 맨션으로 변했고, 집 앞에 차고 넘치도록 있었던 화분도 모습을 감췄다. 아키코는 절을 향해 터벅터벅 걸었다.

절에는 늘 갑작스럽게 찾아가니까 아키코는 폐를 끼치는지도 모른다는 죄책감이 있었다. 오늘은 불사佛事로 바쁘지 않을까, 주지의 부인은 언제나 다정하게 반겨주었으나 그렇다고 오늘 또 갑자기 찾아가도 괜찮을까, 여러모로 걱정되어서 아키코는 문 뒤에 숨어 살그머니 안을 들여다보았다.

"아, 오랜만이에요."

등 뒤에서 목소리가 들려 아키코는 무심코 "으앗!" 하고 몸을 젖히며 돌아보았다. 빗자루를 들고 작업복을 입은 주지의 부인이 상냥하게 웃으며 서 있었다.

"저기, 매번 갑자기 와서 죄송합니다. 그게, 혹시 폐가 되면 어떡하나 조금 걱정되어서."

아키코는 뻘뻘 땀을 흘렸다.

"아이고, 걱정하지 말아요. 괜찮아요, 자, 들어오세요."

"그래도 손이 바쁘신데."

"아니에요, 담을 빙 둘러 청소했을 뿐이고 얼추 끝났어요. 들어오세요."

"고맙습니다."

아키코는 인사하고 안으로 들어갔다. 마당의 식물도 단정하게 관리되었고, 꽃 화분도 즐비하게 놓여 있었다. 역시 이곳에 오면 마음을 꽉 채운 것이 스르륵 사라지는 것 같아서 그 자리에 멈춰 서서 정원수를 바라보았다.

"자, 이리 오세요."

부인이 툇마루에 방석을 깔고 앉으라고 권했다. 아키코는 감사하다고 말하고, "전에 들렀던 가게에 또 들렀어요. 똑같은 것이어서 죄송합니다"라며 화과자가 담긴 종이 가방을 부인에게 내밀었다.

"고맙습니다. 그래도 정말로 다음에 오실 때는 마음 쓰지 마세요."

부인이 벌써 다음 방문을 염두에 두고 말해주어서 아키코는 마음 내킬 때 훌쩍 절을 찾아오는 자기 위주의 행동을 용서받은 기분이 들었다.

"잠깐 기다려주세요."

부인이 안으로 스르륵 모습을 감췄다. 어떻게 해야 저렇게 군더더기 없이 행동할 수 있을까. 아키코는 그저 신기할 따름이었다. 어떤 일을 할 때든 '지금부터 하겠습니다'라는 느낌이 없고, 마치 바람이 움직이는 것처럼 우아하고 가벼웠다.

또 부인이 스르륵 쟁반을 들고 나타났다. 녹차와 화과자를 가지고 왔다.

"기다리게 해서 미안해요. 저 소나무, 조금 멋있어진 것 같지 않아요? 아, 말투가 너무 뻔뻔했네요. 실례했어요. 저 소나무, 최근에 가지치기를 했답니다. 후후."

실수했다고 사과하는 느낌이 왠지 모르게 귀여웠다.

"네, 정말 멋있어요. 전체적으로 산뜻해졌어요."

아키코는 녹차가 담겨서 색 조합이 아름다워 보이는 찻잔을 손에 들었다.

"매번 주지 스님한테 혼나요. '당신은 남한테 강요하는 면이 있어요. 당신이야 좋아도 다른 분은 그렇지 않을 때도 있으니까요'라고요. 옳은 말씀이라고 반성하면서도 무심코 입에서 나오니까 한심하죠."

"아니에요, 저도 저 모양이 마음에 들어요."

"정말요? 고마워요."

이분과 알게 되어 다행이라는 생각이 들어 아키코는 마음이 따뜻해졌다. 아마도 혈연관계일 주지와는 대화할 기회가 거의 없는데, 그의 아내인 이분과는 몇 번이나 대화를 나눴다. 이 절을 찾는 것도 부인과 만나고 싶기 때문이니, 미안할 정도로 머릿속에 주지의 존재감은 없었다.

"사실은 집에 고양이가 두 마리 와서요. 죄송해요, 시시한 이야기라……."

"네? 시시한 이야기라니요. 어머, 잘됐어요. 이번에는 어떤 고양이들인가요?"

부인이 무릎걸음으로 바짝 다가온 덕분에 아키코는 기뻐져서 휴대폰 사진을 보여주었다.

"어머, 세상에, 전에 고양이랑 닮았네요? 그 고양이의 형제인가요?"

"아니요, 그렇진 않을 거예요. 다른 고양이들과 같이 원래 살던 집에서 쫓겨나서 동네 분들이 보호해주셨어요."

아키코는 타이와 론이 집에 오게 된 경위를 말했다.

"너무하네요."

부인이 눈살을 찌푸렸다.

"네, 그래도 보호하고 잘 돌봐준 분들이 계셔서 정말 다행이에요."

"그건 그렇지만 그때까지 같이 살던 고양이들을 때려서 쫓아내다니, 도대체 무슨 생각이었을까요?"

부인의 눈가에 살짝 눈물까지 비쳤다.

"그러니까요."

둘의 대화가 끊겼다. 아키코가 녹차를 한 모금 마시고 부인을 봤는데, 눈을 감고 합장하고 있었다. 아키코는 퍼뜩 놀라 두 손을 무릎에 얹고 등을 폈다. 잠시 후, 부인이 눈을 뜨고 아키코에게 묵례했다. 아키코도 그렇게 했다.

"참 세상에 많은 일이 있네요."

부인이 가만히 말했다.

"보세요, 저런 아이도 있는데."

언제 왔는지 소나무를 등받이로 삼고서 화단에 털썩 앉아 있는 하얀 고양이가 있었다. 허벅지를 쫙 벌리고 마음 푹 놓은 표정으로 오른쪽 앞발을 날름날름 핥더니 그 앞발로 얼굴을 열심히 비볐다.

"인생도 그럴 테지만 어째서 묘생도 이렇게까지 불공평할까요."

아키코가 중얼리자 부인이 "정말, 목숨을 잃다니 안타까워요"라고 대답했다.

"최근 지인이 두 사람, 세상을 떠났어요."

"아이고, 세상에나."

부인이 다시 합장하고 한동안 기도했다.

"고맙습니다. 한 분은 돌아가신 어머니의 젊었을 시절 친구분이고 다른 한 명은 제 동급생이에요. 엄마 친구분은, 이렇게 말하면 그렇지만 나이가 나이시니까요. 물론 놀라긴 했는데, 역시 동급생 일이 되니까 너무 가깝게 느껴져서……. 저도 그런 나이가 되었구나 싶었어요."

"그랬군요. 아직 젊으신데. 저희도 가끔 아이의 장례식을 치를 때가 있는데, 나이 드신 분은 '대왕생'이라고 할 수 있어도 아이를 두고는 그렇게 말할 수 없죠. 아직 태어나고 5년, 10년이니까요. 솔직히 저는 그런 장례식을 마치면 마음이 가라앉아요."

"어, 부인께서요?"

"네."

부인이 차분하게 고개를 끄덕였다.

"죽음은 슬픈 일이지만, 세상에는 그래도 오래 산 사람이 먼저 가는 납득할 만한 순서가 있죠. 그런데 먼저 떠난 이가 아이면, 부모님의 심정을 헤아려도 뭐라 드릴 말이 없어요."

"그런 유족분에게는 어떻게 하세요?"

"유족분이 말씀하고 싶어 하시면 저는 그저 가만히 이야기를 듣습니다. 그래도 그런 마음은 한참 지난 후에야 나세요. 장례를 치를 때는 유족분들이 도저히 그런 마음을 내지 못하시죠."

아키코는 묵묵히 수긍했다.

"사람은 왜 죽을까요."

아키코는 소나무에 기댄 채 숙면에 들어간 하얀 고양이를 바라보며 말했다.

"그렇군요, 살아 있기 때문이겠지만…… 후후, 미안해요, 또 주지 스님에게 혼날 거예요."

부인이 웃어서 아키코의 기분이 조금은 가벼워졌다.

"죽었다 살아난 사람은 없죠. 그런 사람이 있다면 나도 이야기를 듣고 싶어요. 임사체험을 한 사람은 있지만요."

아키코는 여전히 세상만사 신경 쓰지 않는 하얀 고양이를 바라보면서, 죽으면 삼도천이라는 게 있고 그 너머에 아주 아름다운 꽃이 피어 있고 먼저 떠난 사람들이 데리러 와준다는,

자신이 이때까지 엄마에게 들었거나 임사체험을 한 사람들에게 들었던 이야기를 떠올렸다.

이쪽으로 돌아온 사람들은, 자기는 건너가려고 했는데 그너머에 있는 사람들이 여기로 오면 안 된다고 했다거나, 가지 말라고 하는 누군가의 목소리가 들려서 건너지 않았다고 말했다. 원래 다 그런 법인가, 하고 막연하게 생각하다가 문득 왜 모두가 같은 풍경을 보는지 의문이 들었다. 애초에 심장이 멎어 기능이 정지했는데 의식이 남아 있는 것도 묘했다.

"절에 와서 이런 말씀을 드리면 큰 실례일 것 같은데, 요즘 저는 죽으면 그 순간 모든 것이 사라질 뿐이라는 생각이 들어요. 임사체험을 한 사람에게도 실례되는 말이겠지만, 삼도천이나 꽃밭 같은 이야기는 예전부터 지금껏 들었던 내용이 머릿속에 새겨져서, 그걸 임사 상태일 때 꿈처럼 보는 것일 뿐이라고요. 말은 이렇게 하면서 삼도천 너머에 키우던 동물들이 데리러 와줬다는 임사체험을 들으면 또 끌리지만요."

부인은 고개를 끄덕이며 아키코의 이야기를 들었다.

"죽음은 누구나 처음 경험하는 일이니 두렵지요. 그러니까 무서운 일이 아니라는 의미에서 가까운 사람의 마중이나 꽃밭 같은 이야기를 만들었을지도 몰라요. 먼저 떠난 동물들이 나오는 것은 주인이 그 아이들과 또 만나고 싶다고 강렬하게 바라기 때문이겠죠. 저도 이때까지 키운 개나 고양이나 새나 금붕어가 마중을 온다면 기쁠 거예요."

부인이 웃었다.

"저도 떠난 고양이랑 만나고 싶어요."

"그렇죠? 그렇다면 그날이 오면 만날 수 있기를 바라며, 지금 이렇게 살아 있는 우리는 하루하루를 잘 살아가도록 해요. 그런 일상을 소중히 여기시라고 말씀드리고 싶은데. 저 자신이 대충 살고 있는 처지여서 다른 분에게 건방진 소리를 하면 안 되겠지요. 미안해요."

"그래도 절 살림을 열심히 돌보시잖아요?"

"전혀 아니에요."

부인이 아니라면서 손을 크게 흔들었다.

"얼마 전에는요, 이상하게 너무 졸려서 손님에게 차를 대접해야 하는데 부엌에서 선 채로 졸았어요."

"네? 선 채로요?"

"그렇다니까요."

부인이 아하하 웃었다. 차를 내오는 데 시간이 너무 걸리니까 상황을 보러 온 주지가 어깨를 흔들어서 그제야 눈을 뜨고는, "도대체 뭘 한 거람?" 하고 서로 얼굴을 마주 보고 놀랐다고 한다.

"주지 스님도 놀랐지만 저도 깜짝 놀랐어요. 오른손에 주전자를 들고 있었어요. 그래도 고등학생 때 배구 동아리 활동을 하다가 너무 지쳐서 선 채로 졸던 적이 있었거든요. 그때가 생각났어요. 손님이 돌아가신 후에 주지 스님이 얼마나 기막혀하던지요. 부끄러울 따름이에요."

잠깐 둘이 같이 키득키득 웃었다. 아키코의 콧근이 오랫동안 잘게 떨렸다.

"그러셨어요?"

목소리도 자연히 떨렸다.

"이런 사람이에요. 그때는 주지 스님이 목격했지만, 모르는 곳에서는 그 몇 배나 실수를 저지르고 있겠죠."

부인은 뭐든지 완벽하게 하는 훌륭한 사람이라고 짐작했던 아키코여서 조금 의외였지만, 그런 점이 또 부인의 매력을 늘려주었다.

"미안해요. 이런 하잘것없는 이야기나 해서. 타계한 어머님의 친구분이나 동급생분을 농담처럼 여긴 건 아니에요."

"물론 잘 알아요. 말씀을 듣고 기운이 났어요."

"그래요? 이런 이야기가 도움이 되나요?"

화기애애하게 대화를 나누는데, 등 뒤에서 온화한 목소리가 들렸다.

"안녕하세요."

돌아보자 두루마리를 품에 안은 작업복 차림의 주지와 까까머리에 마찬가지로 작업복을 입은 청년이 서 있었다. 혈연관계인 사람이라는 생각에 아키코는 긴장해서 자세를 바로하고 인사했다.

"신세를 지고 있습니다. 늘 갑자기 찾아와서 죄송해요."

"아닙니다, 마음 쓰지 마세요. 절의 문은 언제나 열려 있으니까요. 저 고양이도 참 당당하게 굴지 않습니까. 코까지 크게 골고 있어요. 느긋하게 계시다 가세요."

주지와 청년이 인사하고 떠났다.

"다른 절의 아드님이 한동안 머물게 되었어요."

"아, 그러셨군요."

주위에 사람이 들락거려도 하얀 고양이는 아무래도 상관없나 보다.

"정말 꼼짝을 안 하네요."

"그렇죠? 배짱이 두둑하다고 해야 할지, 뻔뻔하다고 해야 할지."

하얀 고양이는 고개를 푹 숙이고 있어서, 꼭 연말이면 전철에서 보는 곤드레만드레 술에 취한 아저씨 같은 자세였다. 부인은 미소를 거두고 자못 진지한 표정을 지었다.

"돌아가신 분을 생각하는 것이 공양이 되지 않을까요? 그분의 훌륭한 점을 생각해주세요."

"옳은 말씀이에요. 두 사람 다 가깝게 지낸 사이는 아니지만, 그렇게 하면 제 미움도 편해질 기예요. 고맙습니다."

아키코가 말하자 부인이 "참, 과자요. 잊지 말고 얼른 드세요"라고 권했다. 대화하는 도중에 차는 마셨어도 과자는 손대지 않았다.

"네, 고맙습니다."

아키코가 접시를 들어 자그마하지만 넉넉하게 콩이 들어간 콩 찹쌀떡을 먹었다.

"손으로 집어 먹으면 참 맛있죠."

부인이 말했다.

"저희 가게에서도 손님이 따로 요청하지 않는 한 포크와 나이프를 드리지 않아요."

"아, 가게를 경영하시나요?"

아키코는 퍼뜩 놀랐다. 절에 와서 처음으로 생업에 관해 언급했다. 지금껏 부인이 이것저것 묻지 않아서 자기가 말하고 싶은 이야기만 했는데, 불쑥 입에서 흘러나왔다.

"아, 저기, 네, 그렇습니다. 샌드위치와 수프를 파는 가게인데요."

"요즘은 그런 가게에 손님이 많이 찾아오시죠?"

"개업 초기에는 정말 바빴는데 지금은 바쁜 상태도 그럭저럭 안정되었어요."

"혼자 하세요?"

"아니요, 여성 직원이 한 명 있어서 둘이 해요. 직원이 참 유능해서 많은 도움을 받아요."

"다행이네요. 가게든 뭐든 결국에는 사람으로 만들어가는 것이니까요. 정말 다행이에요. 사람이 제일 귀중하죠."

"네. 그 친구와 인연을 맺어서 감사해요."

간신히 절이라는 장소에 어울리는 이야기를 했다 싶어 아키코는 마음이 놓였다. 다만 이 이상으로 가게에 관해 깊이 파고들면 위험할지도 모른다는 불안감이 불쑥 고개를 들었다.

"실례지만 어느 쪽에서 오셨나요?"

아키코가 솔직하게 가까운 역명을 말했다.

"아, 젊은 사람에게 인기 있는 지역이군요. 이 주변은 나이 든 분에게 인기 있는 지역이지만요."

부인의 표정이 딱히 달라지지 않아서 아키코는 안심했다.

"죄송합니다. 매번 갑작스럽게 찾아와서요."

"그런 말씀 마세요. 여기는 그때 가장 하고 싶은 말씀을 하실 수 있는 곳이니까요."

아키코는 몸을 웅크리고 고개를 숙였다.

"다만 앞으로는 선물 없이 빈손으로 오셔야 해요."

"알겠습니다. 그렇게 할게요."

아키코는 자리에서 일어나 부인에게 인사했다.

"그럼 주지 스님께도 안부 전해주세요."

"네, 꼭 전할게요."

부인이 산문까지 배웅하러 나왔는데, 하얀 고양이는 주정뱅이 아저씨 모습 그대로 숙면을 누렸다.

"도대체 언제까지 저러고 있으려나. 몸이 힘들지 않나."

부인이 쓴웃음을 지었다.

"언제든 생각났을 때 또 와주세요. 고맙습니다."

부인이 마지막으로 허리를 깊이 숙였다. 아키코도 인사하고 절을 떠났다. 심장이 오랫동안 두근두근 빠르게 뛰었다.

돌아가는 전철에 올라타며, 만약 엄마가 이러저러한 가게를 경영했고 급사한 후에 자신이 그 자리를 물려받아 가게를 시작했다는 둥 출신에 대해 자세히 말했다면 부인이 알아차렸을지도 모른다고 생각했다. 지금까지도 이런저런 소문이나 터무니없는 이야기가 돌았다고 했었으니, 그런 것들과 자신을 연결해서 짐작했을 가능성이 있다. 그래서 전철을 타서도 심장박동이 진정되지 않았다. 절의 마당에 찾아오는 그 하얀 고양이처럼 당당하게 굴지는 못한다.

돌아오는 길에 백화점 식품 매장에서 점심용 도시락을 샀다. 이번에는 마음을 내서 유명 요리점의 도시락을 골랐다.

"두 아이 다 집에 가면 불평을 퍼붓겠지?"

타이와 론의 모습을 상상하며 집 앞에 도착했더니, 찻집 아주머니가 가게에서 나왔다.

"외출했었니?"

"네, 요즘 불행한 일이 연속으로 있어서……."

"아아, 그랬지. 그 후에도 이런저런 일도 있고."

찻집 아주머니는 아키코가 손에 든 요리점 종이봉투를 힐끔 봤지만 그걸 가지고 뭐라고 하진 않았다.

"너무 피곤하지 않게 하고. 오늘은 푹 쉬어."

찻집 아주머니가 위로의 말을 건네고 "그럼" 하고 가게로 돌아가려 했다.

"아주머니도 몸 잘 돌보세요."

말을 걸자 찻집 아주머니는 앞을 본 채 오른손을 살랑살랑 흔들고 가게로 들어갔다.

문을 열고 들어갔는데, 자는 중인지 고양이 형제는 마중을 나오지 않았다. 종이봉투를 테이블에 놓고 세면대에서 손을 씻고 방으로 돌아오자, 조금 전까지 코빼기도 보이지 않았던 타이와 론이 종이가방 앞에 집결해 집요하게 냄새를 맡고 있었다.

"다녀왔어. 집 열심히 지켜줘서 고마워. 맛있는 건 잘도 알아차리네?"

아키코가 두 손으로 두 마리의 머리를 쓰다듬자, 두 마리 다 일단 "그릉 그릉" 하고 기뻐했으나 가장 큰 관심사는 식탁 위의 종이봉투였다.

"너희가 먹을 수 있는 건 없어. 이건 엄마 점심밥."

이런 말을 해도 형제는 받아들일 리 없으니, 먼저 론이 봉투에 커다란 머리를 들이박고 "우아앙, 우아앙" 하고 울기 시작하자, 타이도 질쏘냐 안으로 들어가려고 했다.

"얘들이, 안 돼, 안 된다니까."

아키코는 형제를 종이봉투에서 떼어놓고, 봉투를 냉장고 위에 올려놓았다.

"정말이지. 저건 엄마 거야. 얌전하게 집을 잘 지켰으니까 오늘은 맛있는 걸 줄게."

특별할 때 주는 비싼 고양이 캔을 넣어둔 찬장을 열자, 형제의 얼굴이 반짝 밝아졌다. 거기에서 나오는 것이 평소 먹는 것보다 훨씬 맛있다는 걸 알고 있다.

"우아옹, 우아옹."

한층 더 커진 목소리를 서라운드로 들으며 형제의 식기에 먹이를 담았다. 형제는 고개를 박고 먹기 시작했다. 머리 위에서 '와구와구'라는 말풍선이 동동 떠다니는 것 같았다.

아키코는 큰일을 마친 기분이 들어 식탁 의자에 앉아 물을 마시며 형제의 뒷모습을 멍하니 바라보았다. 아이들에게 시끄러우니까 조용히 하라거나 그러면 안 된다고 말할 수 있어서 행복했다. 매일 "얘들이 참"이나 "그만해"라거나 "기다려"라고 말해야 하지만, 타로가 떠난 후로는 그런 말을 할 기회조차 없었다. 그게 두 배가 되어 돌아온 덕분에 허둥거리며 매일 살고 있다.

솔직히 귀찮다고 생각할 때도 있다. 아키코는 더 자고 싶은데 형제는 중량급인 체구를 써서 제일 깊이 잠든 시간대에 깨우려고 한다. 뭐든지 다 자기들 위주다. 커다란 벽에 짓눌리는 무섭고 끔찍한 꿈을 꾸다가 번쩍 눈을 떴는데, 배와 다리 위에 형제가 앉아서 아키코의 얼굴을 빤히 들여다본 적도 있었다.

"뭐, 뭐니?"

문득 옆을 보면 고양이 장난감이 놓여 있다.

"어, 이거?"

그걸 손에 들고 잠에 취해 좌우로 흔들면, 형제는 엉덩이를 높이 들고 임전 태세에 들어가 침대 위에서 난동을 마구 피웠다.

"아아, 졸려."

아키코가 눈을 감은 채 장난감을 대충 좌우로 흔들면, 갑자기 형제가 움직이는 기척이 사라진다. 눈을 뜨면, 형제는 불만스러운 표정으로 아키코를 빤히 들여다본다. '제대로 좀 하란 말이야'라고 말하는 것처럼. 수마를 이기지 못해 그대로 눈을 감으면, 이번에는 두툼한 앞발로 아키코의 뺨을 몇 번이나 때리며 '이보세요 공격'을 시작한다.

"아아, 진짜!"

아키코가 단단히 각오하고 벌떡 일어나 장소를 바꿔 장난감을 흔들면, 형제는 도대체 왜 그런 식으로 구르느냐고 묻고 싶을 정도로 혈안이 된 모습으로 놀기 시작한다. 10분 정도로 소동이 끝나고 형제는 만족스럽게 자러 가지만, 아키코는 잠이 깨서 몽롱한 상태로 원래 일어나야 할 시간을 맞이한다. 자칫했다가는 수면 부족으로 건강에 문제가 생길지도 모르는데, 형제가 기뻐하는 모습을 보면 "뭐, 그러면 됐지" 하고 포기하게 된다.

"맛있니? 다행이다."

아키코가 말을 걸며 봉투에서 도시락을 꺼내 먹으려고 하자, 형제는 자기들 밥그릇에서 번쩍 고개를 들고 아키코 앞에 놓인 도시락을 구멍이라도 뚫을 것처럼 바라보았다.

7

아키코는 갑자기 생각이 나서 요리학교 이사장 선생님에게 편지를 쓰려고 필기도구와 편지지를 준비해 식탁 의자에 앉았다. 그러자 묵직한 형제가 맛있는 걸 주려나 하고 엄청난 속도로 달려와 식탁 위로 올라왔다.

"얘들이, 안 돼."

타이를 내려놓으면 방금 내려놓은 론이 다시 올라오고, 론을 내려놓는 동안 타이가 올라오는 상황이라 아키코는 큰 소리를 냈다.

"얘들아! 여기 올라오면 안 된다고 했지."

형제가 시무룩해진 것을 보니 또 안쓰러워져서 아키코는

사둔 간식을 형제에게 주기로 했다. 매일은 아니고 특별할 때 상으로 주려고 사료를 사러 간 김에 사둔 것이었다.

"여기 얌전히 있어야 해. 이제 위에 올라오면 안 된다."

아키코가 설명하자, 형제는 알아듣기나 하는 건지 일단은 흥흥거리며 진지한 표정으로 듣고 있었다.

"착하게 있어야지. 이거 줄 테니까."

죽 같은 간식 봉지를 뜯자, 형제가 동시에 "우오오옹" 하고 눈을 있는 힘껏 크게 뜨고서 울었다. 그러더니 두 마리는 쪼그리고 앉은 아키코의 손을 목표로 돌진해 서로 경쟁하며 간식이 담긴 봉지 입구에 코를 들이대려고 했다.

"아이고, 기다려, 기다리라니까. 지금 줄 거니까."

아키코는 몸을 꿈틀꿈틀 흔들며 형제의 공격을 피해 그릇 두 개에 간식을 나누고 "자, 먹어" 하고 눈앞에 놔줬다.

"흥가흥가." "우앙우앙." "그릉그릉."

두 마리는 다양한 소리를 내며 간식을 핥았다. 아키코는 마음 놓고 식탁에 앉아 편지를 쓰기 시작했다.

전에 메이라는 돌봐주는 젊은 여성과 함께 선생님이 가게까지 와주셨는데, 그 후로 일상에 얽매이다 보니 연락을 드리지 못했다. 아키코는 다리를 골절한 이후로 선생님의 평소 생활에 불편한 점이 없는지 묻고, 지금 이렇게 생활하기까지 선생님의 덕이 얼마나 컸는지 감사할 따름이라는 인사를 적었다. 한 글자라도 틀리면 편지 한 장을 전부 처음부터 다시 써야 해서 숨까지 죽이고 글자를 썼다. 마침표를 찍고 숨을 내쉬며 뒤를 보자, 묵직한 형제는 텅 빈 접시를 정신 없이 핥고 있었다. 계속 핥으면 또 간식이 나온다고 믿는 것 같다.

아키코가 어이없게 웃고 다음 문장을 쓰려고 했는데, 뒤에서 "우냐앙, 우냐앙" 하고 론의 목소리가 들렸다. 타이는 쿵쿵 달려와 아키코의 다리에 몸을 비볐다.

"이제 간식은 더 없어. 다음에 또 먹자. 맛있게 먹어서 다행이다."

손을 내밀어 타이의 몸을 쓰다듬자, 론이 달려와 '나도, 나도' 하고 어필했다.

"착하지, 착하지."

손을 뻗어 발치에 있는 형제의 몸을 교대로 쓰다듬어주며 "얌전히 있어줘. 볼일이 있거든" 하고 말을 건 다음, 다시 편지를 썼다. 형제는 한동안 아키코를 올려다보았으나 어디에서도 간식이 나오지 않는 걸 알았고, 고양이 나름대로 아키코가 바쁘다는 것을 이해했는지 그 자리에 털퍼덕 드러누워 몸단장을 시작했다.

아키코는 내용은 물론이고 글씨도 반듯하도록 온 신경을 집중했다. 그렇게 선생님에게 보내는 편지를 간신히 마무리했다. 편지지 다섯 장 분량인데 완전히 지쳤다. 방 한쪽을 힐끔 보자 묵직한 형제는 '배꼽 벌러덩'으로 자고 있었다.

"쟤들, 밖에서 살았으면 어떻게 됐을까 몰라."

빵빵하게 부푼 형제의 배에 수건이라도 덮어주고 싶은 충동을 억제하며 아키코는 주소를 쓴 봉투에 편지지를 넣었고, 아름다운 병풍 그림이 그려진 기념우표를 붙여 샌들을 신고 역 앞 우체통으로 달려갔다.

다음 날, 출근한 시마 씨의 "안녕하세요"라는 목소리가 잔뜩 잠겼다.

"어머, 괜찮아?"

"죄송합니다. 체력 하나가 장점이었는데. 어제 지나치게 노는 바람에."

"뭘 했는데?"

"배팅 센터에 갔다가 노래방에 갔는데요."

"와, 좋았겠다."

"처음에는 시오랑 둘이 있었는데 점점 사람들이 오더니 결국 여덟 명이 되는 바람에 새벽 3시까지 놀았어요."

"피곤했겠다."

"네, 날이 바뀌기 전에 돌아갈 예정이었는데 하필 그 타이밍에 새로 온 사람도 있어서 빠져나오지 못했어요. 도중에 조금 자긴 했는데요."

"그런 날이 있어도 괜찮지. 발산하는 날이 있어야 해. 기침도 나오니? 기침을 하면 가게에 서는 건 좋지 않겠는데."

"아니요, 기침은 안 해요."

"그래? 혹시 상태가 안 좋아지면 말해줘. 무리하면 안 돼."

"알겠습니다. 정말 죄송합니다."

시마 씨가 고개를 숙이며 사과했다.

"누구든 몸 상태가 안 좋은 날은 있으니까 괜찮아."

"네. 앞으로 조심하겠습니다."

둘이서 거래처를 돌고 가게에 돌아왔을 무렵에는 시마 씨의 목소리가 회복되었다.

"대단하다, 역시 젊어서 그런가 봐. 금방 회복하네."

아키코가 놀랐다.

"목소리가 이제 나오네요. 역시 칙칙하고 고인 분위기인 젊은이들 사이에 있으면 몸이 안 좋아지고 맑은 사람들과 만나면 정화되는 것 아닐까요?"

"뭐? 칙칙하고 고인 젊은이라니, 시오 씨 말이야?"

"맞아요. 그 녀석은 뭐든지 질질 미뤄대는 우유부단한 인간이라 척척 끊어내질 못해요. 개랑 달리 거래처인 빵 공방의 부부나 농가 분들은 새벽부터 성실하게 자기 일을 하시잖아요. 역시 밤늦게까지 흐리멍덩하게 술을 퍼마시고 노래나 부르는 건 좋지 않아요."

"그렇지 않아. 그분들도 기분 전환하려고 술을 마시거나 신나게 놀 때도 있을 거야. 가끔은 과하다 싶게 노는 것도 필요해."

"그럴까요?"

"그럼. 그러지 않으면 숨 막힐 거야."

"아키코 씨도 노래방에 가세요?"

"요즘은 전혀 안 가지만 회사 다닐 적에는 갔어."

"무슨 노래를 부르세요?"

"나는 야마구치 모모에 전문이야."

"흠."

시마 씨는 잘 모르나 보다. 야마구치 모모에가 은퇴한 뒤에 태어났으니 과거 영상 이외에는 본 적 없을 것이다.

"내가 노래하면 학교 음악 시간 같다는 소리를 들어. 너무 정확하게 부른다고."

"호오. 그래도 들어보고 싶어요. 하지만 그 칙칙한 것들과 같은 자리에 오시라고 할 수는 없고."

"그렇지 않다니까. 다만 나이가 나이라 밤이 힘들어졌어. 심야까지 있는 건 도저히 못 할 거야."

"아키코 씨도 그것들과 계속 같이 있으면 저처럼 상태가 안 좋아실 거예요. 그것들은 단독으로 만나면 그 정도는 아닌데, 대여섯 명쯤 모이면 남자 중학생 그 자체거든요. 솔직히 일본의 장래를 그것들한테 맡겨도 괜찮을지 걱정이에요."

시마 씨는 미간에 잔뜩 주름을 잡았으나, 이런 소리를 들을 정도로 시오 씨는 엉망인 사람이 아니다.

"시오 씨는 다정하고 좋은 사람이잖아. 고양이도 걱정해준 사람인걸."

"흠, 뭐, 그거야."

시마 씨는 운동 강호였던 고등학교의 운동부 출신이자 누님 같은 시선으로 시오 씨나 그 친구들을 '이것들 대체 뭐 하는 거지?'라고 어이없어하면서 대하나 보다.

"시마 씨가 워낙 야무져서 어떤 남자든 믿음직스럽지 않아

보이는 거 아닐까?"

"아, 흐음, 그럴지도 모르겠어요."

"그래도 괜찮지. 시오 씨랑은 사이가 좋으니까."

"그런가요? 흐음, 그럴까요."

시마 씨가 연신 고개를 갸웃거렸다. 아키코는 웃으며 오픈을 위해 준비를 시작했다.

시마 씨의 몸 상태도 괜찮아져서 아무 문제 없이 그날 근무를 마쳤다. 아키코 입장에서는, 아침에 상태가 안 좋아도 금세 회복하는 젊음이 부러웠다. 아키코에게도 그럴 때가 있었을지도 모르나, 지금은 아침에 상태가 별로면 움직일수록 내리막길을 내려가는 것처럼 상태가 안 좋아진다. 최대한 상태가 나빠지지 않게 주의해야 하는 나이가 되었다.

"괜찮아졌다고 해서 무리하면 안 돼. 오늘은 후미, 스미랑 같이 있어줘."

"네, 그럴게요. 아침에 돌아갔더니 잔뜩 화를 내서……. 가면서 생선이라도 사서 비위를 맞춰야죠."

"그거 좋다. 몸 관리 잘하고."

"네, 먼저 실례하겠습니다."

시마 씨는 평소와 다르지 않은 태도로 돌아갔다. 셔터를 내리려고 밖으로 나와 찻집 아주머니의 가게를 봤는데, 찻집은 손님으로 꽉 차 있었다. 다행이라고 생각하며 아키코는 셔터를 내리고 집으로 올라갔다.

일주일쯤 지나 선생님에게서 답장이 왔다. 도로에 닿아서 쓰레기나 먼지가 들어 있을 우편함에 선생님 이니셜을 엠보싱 가공으로 새긴 하얀 봉투가 들어 있는 것을 보자, 왠지 더럽힌 것 같아서 면목 없었다. 마음속으로 사과하고, 일을 시작하기 전이라 편지를 엄마와 다로의 사진 앞에 놓은 뒤 달라붙는 묵직한 형제를 달랜 후, 온 정신을 영업 준비에 집중했다.

가게에서 일과를 마치고 형제에게 밥을 주고, 형제가 정신없이 먹는 사이에 아키코는 하얀 봉투를 가위로 조심해서 뜯었다. 편지 전체를 쭉 살피고 걱정할 만한 단어가 없는 것을 확인하고서 처음부터 읽었다. 아키코가 보낸 편지에 대한 감사와 근황이 적혀 있었다. 다행히 선생님은 부상에서 완전히 회복해 예전과 다를 바 없이 생활한다고 했다.

'나이를 이기지 못하는지 지금까지는 간단히 했던 일을 못하게 되었어요.'

아키코는 그 부분을 몇 번이고 반복해서 읽었다. 선생님이 못 하게 된 일이란 도대체 무엇일까.

'몸도 게으름을 피우는 습관이 붙었는지 금방 피로를 느껴서 무슨 일을 하든 쉬엄쉬엄해야 해요. 이제는 전처럼 계속서서 요리하는 건 무리예요.'

아하, 그렇구나, 하고 아키코는 작게 한숨을 쉬었다. 요리학교에서 처음 만났을 당시, 선생님은 움직임이 시원시원하고 동작 하나하나가 아름다웠다. 그 모습을 보며 아키코는 운동선수나 장인이 그렇듯이 한 가지 재주에 통달하고 그 길을 걷는 사람은 몸동작도 함께 아름다워진다는 것을 알았다.

'아키코 씨가 걱정해준 덕분에, 그때 나를 도와준 메이 씨가 일주일에 세 번 와줘서 많은 도움을 받고 있어요.'

그렇군, 메이 씨가 돕고 있구나. 아키코는 햇볕에 잘 탄 피부와 또랑또랑한 눈, 그리고 활기를 온몸에서 발산하는 메이씨가 생각났다.

'다만 메이 씨도 아르바이트가 바빠져서 도우러 오는 건이번 달 말까지예요. 그때까지는 몸 상태와 기력을 회복해서자립할 수 있게 해야 하죠. 남에게 기대는 버릇이 들면 안 되니까요.'

아키코는 선생님이 괜찮을지 걱정이었다.

빵과 수프,
고양이와 함께하기
좋은 날_셋

'다행히 제자들이 부지런히 요리를 가지고 와주는데, 그 요리가 전부 다 맛있어서 체중만큼은 착실하게 늘고 있어요. 이것도 큰 문제네요.'

그렇구나, 그렇구나. 선생님 제자 중에는 유명한 요리인이 잔뜩 있으니까 그런 사람들이 맛있는 요리를 가지고 올 것이다. 아키코는 자기가 나설 차례가 없다는 걸 알고 조금 아쉬웠다. 이럴 때 조금이라도 선생님께 은혜를 갚고 싶은데, 자신은 그들 틈에 끼어들 수도 없고 할 수 있는 일이 없다. 그런데 아키코의 심정을 헤아린 것처럼 이런 말이 있었다.

'아키코 씨가 가게에서 중심이 흔들리지 않는 요리를 제공해 손님을 즐겁게 해주는 것이 내게는 큰 기쁨이에요. 가게를 찾아갔을 때, 식사하는 분들 모두 기쁜 표정을 지어서 정말 기뻤답니다. 모쪼록 가게를 소중히 아끼도록 해요. 아키코 씨의 오른팔인 그 차밍한 소년 같은 여성 직원도요.'

아키코는 조용히 고맙습니다, 라고 속삭이며 편지에 대고 묵례한 뒤, 소중한 물건을 보관하는 옷장 서랍에 넣었다.

그런 다음 곧바로 선생님에게 '제가 도울 일이 있으면 뭐든지 말씀해 주세요'라고 엽서를 써서 우체통에 넣고 말았다. 그러고 집에 돌아왔는데 가슴이 두근두근 뛰었다. 선생님 주변에는 넘칠 정도로 도와주는 사람이 있는데 뻔뻔하게 굴었는지도 모른다. 메이 씨를 비롯해 선생님을 돌볼 수 있는 사람들에게 질투심이 생겨서 '저도 여기 있어요'라고 어필하는 듯한 엽서를 보낸 것을 후회했다. 그런 소리를 적어 보내면 선생님이 부담스럽지 않을까. 괜히 마음 쓰시게 한 것 아닐까. 그렇다고 '앞서 보낸 엽서는 신경 쓰지 마세요'라고 따로 연락하는 것도 이상해서 아키코는 "아아, 나 또 사고 쳤나봐" 하고 머리를 움켜쥐었다.

지금껏 잊고 있었는데, 초등학교 3학년 때 벌어졌던 일이 갑자기 생각났다. 수영 수업 날이었다. 처음에는 모두 수영장의 한쪽에 모여 튜브를 써서 물장구 연습을 했다. 아키코는 '식당 가요'의 단골 아저씨들이 수영장이나 바다에 몇 번인가 데려가준 적 있었다. 일단 평형과 자유형을 대충 흉내 낼 수 있어서 튜브 없이 수영장 한쪽을 이리저리 왔다 갔다 했다. 그러자 아키코를 유심히 본 젊은 남자 담임선생님이 "25미터 절반까지 헤엄쳐볼까?"라고 말하며 수영장 스타트 지점을 가리켰다.

아키코는 고개를 끄덕이고 일단 수영장에서 나와 점프대로 걸어갔다. 선생님은 다시 물 안에 들어가서 거기에서부터 시작할 거라고 예상했을 텐데, 아키코는 점프해서 입수해본 적도 없으면서 갑자기 점프대에 올라가 뛰어내리고 말았다. 그 순간, 선생님의 "아!" 하는 절규가 들린 것 같았다. 복부에 어마어마한 통증이 느껴졌고, 아키코는 물속에서 발버둥 치며 물을 잔뜩 들이켜고서야 수면으로 불쑥 얼굴을 내밀었다.

"괜찮니?"

눈앞에 어리둥절한 선생님 얼굴이 있었다.

"이디 이픈 덴 없이?"

선생님은 트림과 기침을 반복하는 아키코를 안아 풀사이드에 눕히고 몸 위에 수건을 덮어주었다. 보건실 선생님도 달려와 살펴보고 특별히 문제없다고 했으나, 만에 하나 집에서 몸 상태가 나빠지면 큰일이니 엄마에게도 지켜보라고 따로 연락해주었고 아키코는 조퇴해야 했다. 이불을 덮고 누운 아키코의 머리맡에 앉아 엄마가 걱정하면서도 한숨을 쉬었다.

"아키코, 너는 학급위원도 맡았고 성실하고 야무진데, 가끔 엉뚱한 짓을 하네. 왜 이럴까."

아키코 스스로 생각해도 너무 부끄러워서 엄마나 선생님이 왜 뛰어들었느냐고 물어도 "저도 잘 모르겠어요"라고 대답할 수밖에 없었는데, 사실은 동급생보다 자기가 수영을 잘

한다는 것을 알자 '나는 점프해서 입수할 수 있어'라는 확신을 품고 멋대로 뛰어들었다가 자멸한 것이었다. 동급생에게 자랑하고 싶은 마음은 없는데, 선생님에게 어필하고 싶었던 것은 사실이었다.

"아아, 부끄러워……."

흑역사가 되살아나 아키코는 머리를 움켜쥐었다.

"나는 선생님 같은 윗사람에게 어필하고 싶은 성격인가?"

아키코는 작은 목소리로 "부끄러워"를 연발하며, 가까이 다가온 묵직한 형제에게 "엄마가 너무 부끄러운 짓을 했거든? 초등학생 때. 그거랑 똑같은 짓을 조금 전에 한 것 같아"라고 말했다.

그런 소리를 들은 형제는 눈을 동그랗게 뜨고 놀란 표정으로 아키코의 얼굴을 올려다보았다.

"아아, 이러면 안 되는데."

아키코는 몸을 떨며 엽서와 필기도구를 정리하고, 물을 한 모금 마시며 마음을 진정시켰다. 묵직한 형제가 '오, 우리에게도 뭔가 주려나?' 하고 눈을 반짝였으나 "너희 밥 먹을 시간은 아직 멀었어"라는 말을 듣더니 실망한 표정으로 그 자리를 떠났다.

아키코가 독단적으로 점프했다가 물에 빠진 일을 동급생은 대부분 기억하지 못할 테고, 엄마도 돌아가실 때까지 그 이야기를 한 적 없다. 그 자리에 있던 사람이 누구 하나 그 사건을 기억하지 못하겠지만, 당사자인 자신이 기억하는 게 싫었다. 차라리 반대가 훨씬 낫다. 젊은 시절과 비교해 기억력이 나빠졌는데 왜 이런 흑역사를 떠올리는지 모르겠다. 자기 뇌의 기능이 어이없었다.

"결국 초등학교 3학년 때부터 근본적으로 진보하지 않았다는 소리네."

묵직한 형제를 "몇 번이나 말했지? 왜 이해를 못 하니?"라고 혼내는 주제에 결국은 아키코 본인도 형제와 크게 다르지 않았다.

아키코가 시마 씨에게 그 이야기를 하자, "그래도 배우지 않았는데 자주적으로 점프해서 입수하려고 한 점이 아키코 씨다워요"라고 칭찬해주었다. 최대한 마음을 써준 것이리라.

"너무 부끄러워. 시마 씨는 그런 경험 있어?"

"어, 그러게요. 으음, 자전거를 탄 채로 바다에 떨어지거나 논에 떨어진 적은 자주 있는데요."

"어머, 운동신경이 좋은데도?"

"그거랑은 별개 같아요. 하굣길에 친구랑 시시한 잡담을 하며 자전거를 타다가 아하하 웃으면서 논에 떨어진 적이 두 번 있었어요."

"어머, 그래서 어떻게 했어?"

"입에도 진흙이 들어가고 교복에도 진흙을 덕지덕지 묻힌 채 또 아하하 웃으며 일어나 그냥 자전거를 타고 돌아왔죠."

"논은 그나마 괜찮은데, 바다는 어쩌다가 그랬어?"

"친구 집에 놀러 가서 밤을 새워 수다를 떨고, 소프트볼 아침 연습이 있어서 비틀비틀 자전거를 몰며 집에 가는 중이었는데요, 평소에는 그렇게 큰 트럭이 다니지 않는 곳인데 정신 차렸더니 트럭 앞으로 튀어 나간 바람에 허둥지둥 핸들을 꺾었는데, 마침 울타리가 없는 곳이어서 떨어졌어요. 그래도 조느라 몽롱했으니까 마치 슬로모션 같아서 '오오, 떨어진다'라는 느낌이었어요."

다행히 물이 목까지 차긴 했어도 비교적 얕은 곳이어서 시마 씨는 자기 힘으로 도로 아래 토대로 기어오르려고 했다. 그러자 놀란 트럭 운전사가 시마 씨를 도로까지 올려주었고 방치되었던 망가진 그물로 자전거도 끌어 올린 다음에 집까지 태워줬다고 했다.

"가족분들도 놀라셨겠다."

"부모님이랑 오빠한테 바보 아니냐고 한바탕 혼나고 끝이었어요."

"씩씩하네."

시마 씨 이야기와 비교하면 수영장에서 점프한 것쯤은 아주 사소한 일 같았다.

"흑역사를 말하며 양파를 썰고 감자껍질을 벗기는 우리는 노내체 뭘까?"

아키코의 한숨 섞인 말에 시마 씨도 쓴웃음을 지었고, 둘은 묵묵히 대량의 채소를 계속 썰었다.

보내놓고 후회한 엽서는 답이 오지 않아도 괜찮다고 생각하기로 했다. 그러면서도 선생님이 답을 보내주시면 역시 기쁠 거라고 복잡한 마음으로 생각했는데, 선생님에게서 엽서가 도착했다.

'마음 써줘서 고마워요. 부탁할 일이 있으면 염치없지만 연락해도 괜찮죠?'

그렇게 적혀 있었다. '괜찮죠?'라는 마무리를 보고, 선생님이 자신에게 조금은 기대주는 것 같다고 멋대로 해석하고 기뻤다. 선생님은 아키코의 뻔뻔한 자기주장을 부끄럽지 않도록 원만하게 수습해주었다.

"선생님 같은 어른이 되어야지."

아키코는 자기 얼굴을 거울로 살펴보았다. 남들은 나이보다 젊어 보인다고 하지만, 당연히 젊은 시절보다 나이를 먹었다. 지금 얼굴이 싫진 않지만, 내면이 나이와 어울리는지는 참으로 의문이다. 우등생 소리를 들었고, 입학하기 어렵다는 사립 학교에 들어갔고, 난관을 뚫고 출판사에 입사했고, 중도 퇴사해서 지금은 음식점을 경영한다. 다른 사람들이 보기에는 '성공한 여성'의 범주에 들어갈지도 모르나, 아키코는 자신이 성공했다거나 우수하다고 생각한 적 없었다. 생각한 적 자체가 없으므로 남이 질투를 하면 '왜지?' 하고 신기했다.

가게가 제법 평판을 얻은 초기, 인터넷에 뜬금없는 소문이 올라오기도 했는데, 그들도 이 가게나 주인인 아키코를 타깃으로 삼는 게 지겨워졌는지 지금은 진정되었다. 자신은 성공했다고 말할 수준이 아니라, 떠올릴 때마다 머리를 마구 헤집고 싶은 흑역사를 지닌, 스스로 생각해도 이해할 수 없는 인간이다. 아키코는 외면보다 어른다운 내면을 충실하게 갖추고 싶다고 생각했고, 동시에 이렇게 나이를 먹고도 전혀 성장하지 않은 자신이 진심으로 한심했다.

날씨 좋은 날, 가게를 오픈하려고 셔터를 올리자 찻집 아주머니가 얼른 밖으로 나왔다.

"안녕하세요. 아주머니, 요즘 바빠 보이세요."

"응, 그러게. 뭐가 어떻게 된 걸까? 오픈하자마자 바로 손님이 오셔. 밤에도 끊이질 않고."

말투는 무뚝뚝하지만 찻집 아주머니는 기뻐 보였다. 아키코가 그러냐고 맞장구를 쳤는데, 아주머니가 갑자기 미간에 주름을 잡았다.

"맞아, 저기 도로 건너편에 여기랑 비슷한 가게가 생겼어. 알고 있어?"

그러고 보니 전에 시마 씨가 말했었는데 까맣게 잊었다.

"알림이 붙어 있었어. 이번 주말부터 개업한대. 틀림없이 아키코 가게가 잘되니까 냄새를 맡고 흉내 낸 거야. 장마다 망둥이가 날 턱이 없는데 이렇게 흉내나 내고 말이야. 규모가 크니까 개인이 아니라 기업이 하는 걸 텐데 절조가 없어. 굳이 이렇게 가까운 데서 안 해도 되잖아."

찻집 아주머니는 분한 듯이 얼굴을 찌푸리고 오른손을 꽉 움켜쥐었다.

"차를 타는 사람은 넓은 도로에 있는 가게니까 들어가기

쉽겠어요. 우리랑 다르게 운영 시간도 길 테죠."

"그러니까. 밤늦게까지 하는 것 같아."

아키코는 시마 씨에게 경쟁 가게가 생긴 것 같다는 이야기를 들었을 때도 어쩔 수 없는 일이라고 생각했다. 아키코의 가게를 찾는 손님이 격감해서 경영이 어렵게 되더라도 그건 가게의 운명이다. 사원인 시마 씨에게는 적절한 사죄와 퇴직금, 가능하면 다음 일자리를 알선하고 아키코는 조용히 물러날 생각이다. 그대로 묵직한 형제와 함께 은거 생활을 하고 싶었다.

"도대체가. 소상공인이 대기업에 잡아먹히는 건 슬퍼. 그래도 작은 가게는 작은 나름대로 좋은 점이 많으니까. 그런 걸 알아주는 사람도 있을 거야."

찻집 아주머니가 아키코의 어깨를 툭툭 두드리고 가게로 돌아갔다.

"네, 고맙습니다."

등에 대고 말을 걸자, 아주머니는 앞을 본 채 오른손을 살랑살랑 흔들었다.

가게로 들어와 시마 씨에게 찻집 아주머니에게 들은 이야기를 했다.

"죄송해요. 요즘은 고양이들이 많이 모인 곳으로 가느라 전과는 다른 길로 다녔거든요. 개업이 코앞까지 온 줄 몰랐어요. 좀 더 빨리 보고하면 좋았을 텐데."

시마 씨가 굉장히 미안해했다.

"시마 씨가 사과할 필요가 어디 있어? 그 가게를 감시해달라고 부탁한 것도 아닌데."

"그건 그렇지만요. 제가 처음에 아키코 씨한테 말씀드렸잖아요. 밀정으로서 임무를 다하시 못했어요."

밀정이라니, 하고 아키코가 웃어도 시마 씨는 진지한 표정이었다. 전에도 말했듯이 때가 오더라도 그때는 그때다. 아키코는, 늘 변함 없는 마음으로 손님을 맞이하자고 시마 씨에게 말했다.

"그러네요. 알겠습니다."

시마 씨가 한 번 크게 고개를 끄덕였다.

그날 오후, 손님 발길이 끊어진 시간에 양복 차림의 남성 둘이 들어왔다.

"어서 오세요."

시마 씨가 맞이했다. 연상으로 보이는 남성이 "인사를" "사장님을 뵙고 싶은데요"라고 말하는 소리가 들렸다. 시마 씨가 주방에 있는 아키코를 돌아보아서, 아이코가 "네, 제가 사장입니다" 하고 플로어로 나갔다.

왠지 본 기억이 있는 남성 두 사람이 인사를 한 후, "일하시는 중에 죄송합니다. 저희는 이런 일을 하는 사람으로"라며 명함을 내밀었다. 들어본 적 있는 대기업 프랜차이즈의 기업명이 적혀 있었다.

"아실지 모르겠으나 저쪽 도로 건너편에 카페를 열게 되었습니다. 원래는 좀 더 일찍 인사를 드리러 와야 했는데 늦어져서……."

좀 더 일찍 ○○해야 했는데 늦어져서……라는 말은, 아키코가 회사 생활을 하면서 문제가 발생했을 때 상대편이 하는 사죄의 패턴이었다. 그들의 사과를 받아야 할 이유가 딱히 없으므로 가만히 이야기를 들었다.

"여기 가게가 멋있어서 여러모로 참고로 삼았습니다……."

그들은 아키코의 가게를 유난스럽게 칭찬하고, 폐를 끼쳐서 죄송하다면서 자기들 계열사에서 나오는 양과자를 선물로 두고 돌아갔다.

"일부러 와주셔서 감사합니다."

아키코는 상대방을 불쾌하게 하지 않으려는 취지의, 대기업 매뉴얼 판박이인 인사를 받으며 가게 밖으로 나가 그들을 배웅했다. 가게 안으로 들어가자, 시마 씨가 "저 사람들, 가게가 멋있어서 참고로 삼았다는 소리를 하다니 진짜 뻔뻔하네요"라고 화를 냈다.

"미리 예방책을 까는 건가?"

"우리가 클레임을 걸지 못하게 하려는 거 아닐까요? 너무 싫어요, 아키코 씨가 최선을 다해 고안한 메뉴를 훔쳐 가면 어쩌죠."

"설마. 그쪽도 자존심이 있으니까 그런 짓을 할 리 없어."

"아니요. 요즘은 저지른 쪽이 이긴다고 생각하는 세상이에요. 수치를 모르는 사람도 많거든요."

접시를 닦는 시마 씨의 손에 힘이 들어갔다. "그쪽 가게가 문을 열어도 밀정은 필요 없어"라고 시마 씨에게 말해두고, 아키코는 시마 씨가 닦은 식기를 선반에 가지런히 넣었다.

8

"죄, 죄송합니다. 늦었어요."

시마 씨가 숨을 몰아쉬며 달려왔다. 아키코가 주방에 걸린 시계를 보자, 충분히 넉넉한 시간대이고 평소보다 1분 정도 늦었을 뿐이다.

"지각이 아니야. 평소에 늘 일찍 와주잖아."

"그래도 평소보다 늦어서요."

시마 씨가 미안해했다.

"건널목에서 한 번 더 기다린 정도잖아. 일에 지장은 없으니까 괜찮아."

아키코가 그렇게 말하자, 시마 씨는 알겠다고 하며 간신히 웃어 보였다.

"후미와 스미가 달라붙어서 떨어지질 않았어요. 아무리 털어내도……."

"털어낸다고?"

"점프해서 등이랑 배에 달라붙었어요. 지금까지 그런 적이 없었는데."

"무슨 일일까? 갑자기 외로움을 타나?"

"그건 잘 모르겠는데, 처음에는 스미가 달려들고 이어서 후미까지 흉내 내서 점프했어요. 두 마리를 설득하다가 늦어졌어요."

"그거 고생했겠다."

시마 씨가 정말 그렇다고 했다. 지금까지 얌전히 집을 보며 기다렸는데 뭔가 외로움 스위치라도 켜진 걸까.

"그래도 가게에 있을 때는 고양이들을 잊을게요."

"굳이 잊지 않아도 돼. 그럼 슬슬 준비를 시작할까?"

"네, 잘 부탁드립니다."

시마 씨가 얼른 주방으로 들어가 커다란 볼에 물을 받았다. 썰면 눈물이 나는 데굴데굴 동그란 양파를 씻으며 시마 씨가 말했다.

"그 수프 가게, 되게 커요. 빨간색, 노란색, 하늘색 의자가
있어서 화사한 느낌이었어요. 테이크아웃 전용 카운터도 있
고요."

"아하, 그래?"

아키코는 옆에서 채소를 썰며 대답했다. 잠시 침묵이 흐른
뒤, 아키코의 머릿속에 반짝 전구가 들어왔다.

"시마 씨, 정말로 밀정이야? 후후후."

아키코가 웃었다.

"아니요, 그게, 그럴 생각은."

시마 씨의 얼굴이 빨개졌다. 또 잠깐 침묵이 이어진 후, 시
마 씨가 죄송한 표정으로 말했다.

"죄송합니다, 저기, 아무래도 신경이 쓰여서요. 가게 안에
들어가진 않았어요. 그냥 올 적 갈 적에 그 길을 지나면서 슬
쩍 안을 들여다봤어요."

"정말 괜찮다니까. 신경 안 써도 돼. 시마 씨가 그 가게에
가고 싶으면 가도 돼. 다만 밀정으로서는 아니야. 그 가게에
서 밥을 먹기 위해서 들어가는 거야."

"알겠습니다. 다음에 그 녀석한테라도 말해볼게요."

"시오 씨도 큰일이네."

아키코는 차오르는 웃음을 참지 못하고 칼질하던 손을 멈추고 어깨를 떨었다. 시마 씨는 조금 전까지 미안하다는 표현인지 어깨가 안쪽으로 말린 자세였는데 이제는 전혀 다르게 가슴을 펴고 말했다.

"그 녀석은 그 녀석이라고 부르면 돼요. 본인도 만족하니까요."

배팅 센터에 가서도, 아무리 가르쳐도 너무 못하니까 시마 씨도 얼굴에 열이 올라 "야, 너!" 하고 호통을 치면 시오 씨는 "네, 죄송합니다" 하고 자세를 바로 하고 시마 씨의 지도를 얌전히 듣는다고 한다. 그러더니 전화를 걸 때도 자기 스스로 "네, 너입니다"라고 이름을 댄다는 것이다.

"시오 씨, 고양이를 좋아하고 다정하잖아. 일도 열심히 하는 것 같고. 좋은 사람 같아."

아키코가 그를 칭찬했다.

"그건 그렇지만요. 너무 호인이라 걱정이에요. 그 녀석, 언젠가 남한테 속아 넘어갈 거예요. 회사도 친구가 야무지게 해내니까 괜찮지 자기 혼자였다면 이미 빼앗겼을 거예요."

남녀 관계에 흥미가 있는 사람이라면 꼬치꼬치 캐물었겠지만, 아키코는 그런 화제에 전혀 관심이 없어서 시마 씨와 시오 씨 이야기는 그쯤에서 끝났다. 그렇게 이런저런 대화를 주고받으며 평소와 마찬가지로 재료 준비를 마쳐 가게를 열 때가 되었다.

아키코가 가게를 닫고 3층에 올라가자, 평소처럼 배고픈 묵직한 형제가 몸을 마구 부딪쳤다. 아키코는 최근 들어 영업을 마치면 녹초가 되곤 했다. 형제에게 밥을 주고 침대에 누워 있으면, 속공으로 밥을 먹어 치운 형제가 침대 위로 와서 누워 있는 아키코 몸의 냄새를 킁킁 맡은 뒤, 얼굴 근처로 모여 "후궁, 후그웅" 하고 목 안쪽에서부터 소리를 내며 얼굴 냄새를 맡고 날름날름 핥기 시작했다.

"아파, 저기, 아프거든?"

아키코가 고개를 돌려도 형제는 달라붙었고, 나중에는 아키코의 양옆에 털썩 누워 '무슨 일 있었어?' 하고 말하고 싶은 표정으로 얼굴을 들여다보았다.

아키코는 오른쪽 옆구리의 타이, 왼쪽 옆구리의 론을 양손으로 쓰다듬으며 나이를 먹지 않는, 기억 속의 엄마 모습을 떠올렸다. 당연한 소리인데, 특별한 일이 없는 한 아키코는 이대로 나이를 먹어 엄마보다 나이를 더 먹는다.

"살다 보면 참 많은 일이 생긴다는 걸 이 나이가 되니까 절실하게 느끼겠어."

아키코는 양옆의 형제에게 말을 걸며 몸을 쓰다듬어주었다. 아키코의 몸에 형제들의 "후구웅" 하는 소리가 전해졌다.

"가게 일 같은 건 잊고 우리랑 놀아주지 그래?"라고 말한다. 아키코의 가족 둘은 늘 이런 태도인데, "뭐든 받아주는 것보다 이 정도여야 내 의욕도 나오는지도 모르지" 하고 형제에게 또 말을 걸고 눈을 감았다가 깜박 잠들었다.

눈을 떴더니 타이가 오른쪽 앞발로 '이봐요, 이봐요' 하고 얼굴을 때리고 있었다. 깜짝 놀라 몸을 일으키자 15분 정도 지나 있었다. 아키코는 잠깐이어서 다행이라고 생각하며 침대에서 일어나 자기가 먹을 저녁을 준비하기 시작했다. 문득 시선을 내리면, 발치에 형제가 와서 '우리한테도 뭔가 줄 건가?' 하고 동그란 얼굴과 동그란 눈으로 아키코를 빤히 올려다보았다.

사흘 정도 지나 새로 생긴 수프 가게에 다녀온 시마 씨는 기분이 별로였다.

"메뉴도 우리 가게와 비슷한 게 있으니까 틀림없이 참고했을 거예요."

아키코는 요리 레시피에는 저작권이 없는 모양이라고 설

명하고, "내가 우리 가게에서 내는 레시피도 다른 사람이 보면 자기 걸 흉내 냈다고 생각할지도 몰라"라고 달랬다. 그래도 시마 씨는 분개했다.

"그나저나 맛은 어땠어?"

아키코는 제일 중요한 것을 물었다.

"맛없진 않은데 한마디로 레토르트 식품의 맛이에요. 빵과 수프를 내면서 우리 가게의 절반 가격이니까요."

"레토르트라도 괜찮지만 맛과 재료는 문제네. 단순히 배부르기만 하고 정신적인 만족감이 없는 음식은 슬퍼."

아키코가 말하자 시마 씨가 동의했다.

"가게에서 계속 전자레인지 소리가 들렸어요. 노래를 크게 트는 건 그 소리를 안 들리게 하려는 목적 아닐까요?"

시마 씨는 수프 가게의 엄격한 평론가가 되었다.

"그 녀석한테 가격을 중시할지 맛을 중시할지 물어봤거든요?"

아키코는 불쌍한 시오 씨의 얼굴을 떠올렸다.

"아키코 씨 가게 쪽이 훨씬 맛이 깊어. 여기 수프에는 몸 안에 스며드는 느낌이 없어, 라고 했어요. 그리고 난잡한 느낌이 강해서 마음이 편해지지 않는대요."

"그래? 공을 들이는 보람이 있네."

수도원 같은 가게 인테리어를 원해서 특별히 눈에 띄는 소품도 없이 꽃만 장식해 놓은 이 소박한 가게와는 정반대인 모습인 듯했다.

"그런 가게도 필요하지. 색이 고운 가게면 기분도 들뜰 거야. 그런 게 좋은 사람은 거기에 가면 돼."

"그건 그렇지만요."

어딘지 불만스러워 보이는 시마 씨에게 아키코가 밀을 끊었다.

"수고했어. 자, 우리는 우리가 할 일을 하자."

그러면서 하얀 셔츠의 팔을 걷어붙였다.

화사하고 가격이 저렴한 경쟁 가게가 생긴 뒤로 손님 수가 줄어들 줄 알았는데, 딱히 그러지 않고 그럭저럭 안정적이었다. 아키코는 개의치 않았는데 시마 씨는 너무 신경 쓰이는지, 손님 발길이 조금이라도 뜸해지면 옆에서 봐도 긴장한 걸 알 정도였다. 가게에 아무도 없더라도 플로어에 서 있는 것이 규칙이니, 아키코는 옆에 선 시마 씨에게 "시마 씨, 심호흡해" 하고 말을 걸었다. 그러면서 아키코가 어깨를 위아래로 움직이면, 시마 씨는 수줍어하며 고개를 끄덕이고, 길쭉한 두 팔을 벌려 심호흡을 몇 번 반복한 뒤 어깨를 위아래로 움직였다. 그러다가 예전 소프트볼 투수였던 영혼이 되살아났는지, 투구 모션을 잡더니 피칭 모션으로 들어가 공을 던졌다.

바로 그때, 듬직한 체형의 한 중년 남성이 문을 열고 들어왔다.

"앗."

아키코와 시마 씨가 동시에 소리를 내자, 그 남성은 야구 글러브로 가슴 앞에서 공을 잡는 시늉을 하며 "으랏샤! 스트라이크!" 하고 크게 외쳤다.

아키코는 순간적으로 숨이 멎을 것 같았는데, 너무도 타이밍 좋은 손님의 멋진 대응에 무심코 웃고 말았다.

"죄송해요, 실례했습니다. 놀라셨죠."

아키코가 웃음을 참으며 다가가자 그가 시마 씨를 보고 히죽 웃었다.

"거기 누님, 훌륭한 공이었어!"

그가 엄지를 척 세웠다.

"아아, 저, 정말 죄송합니다. 죄송합니다."

시마 씨가 얼굴을 새빨갛게 붉히고 연거푸 고개를 숙였다.

"나는 요즘도 동네 야구를 하니까 아직 보는 눈은 살아 있지. 누님, 체구로 보아 실업단에서 소프트볼을 했겠구먼?"

그의 말투에는 간사이 쪽 사투리가 섞였다.

"아니요, 고등학생 때 배팅 투수로 끝이었어요."

"오호, 그런가. 음, 그것도 중요한 일이지. 노력했겠어."

시마 씨가 순간 울 것 같은 표정을 지었으나 곧 미소 지으며 고개를 끄덕였다. 아키코는 그를 자리로 안내하고 "정말 죄송합니다" 하고 사과했다.

"아니, 아닙니다. 이런 건 재미있죠. 아, 샌드위지 주세요."

시마 씨가 빵에 관해 설명하자, 그는 흥미롭게 들었는데, "흐음, 그럼 그 도넛 같은 형태, 뭐라고 했더라? 아아, 그래, 베이글. 그걸로 할까. 재료는 닭고기로"라고 또 큰 소리로 활기차게 주문했다.

"네, 알겠습니다."

아키코와 시마 씨는 솜씨 좋게 베이글 닭고기 샌드위치, 그리고 시마 씨가 찜 담당인 채소 아보카도 버무리, 간 시금치를 넣은 수프를 만들기 시작했다.

그는 출장으로 도쿄에 왔고, 잡화점이 많은 이 거리에서 젊은 여자들이 어떤 상품을 좋아하는지 정찰하러 왔다고 했다. 아키코는 최근 밀정이니 정찰 같은 소리를 자주 접한다고 생각하며 이야기를 들었다. 그는 오사카에 있는 모 회사의 사무용품 개발부에서 근무하는데, 회사가 여성용 잡화 부분을 확대하면서 그 팀의 팀장으로 발탁되었다고 했다.

"나는 야구만 한 인간이라 여자들이 뭘 좋아하는지 알 턱이 없지. 정말 고민이었어요. 그래도 덕분에 중학교 2학년인 딸과 조금은 공통 화제가 생겨서 다행이지만."

그는 볕에 잘 그을린 네모난 얼굴을 더욱 네모나게 만들며 웃었다.

"오호, 이게 베이글인가. 정말 도넛 같군."

그는 테이블에 나온 베이글 샌드위치를 찬찬히 바라보더니 한 입 먹고, "음, 맛있어. 쫄깃쫄깃한데" 하고 기뻐했다. 집에 돌아가면 아빠는 도쿄에서 베이글을 먹었다고 자랑할 거라고 했다.

"딸아이는 이미 먹어봤을지도 모르지만요."

초록빛 시금치 수프도, 채소 아보카도 버무리도 "음, 몸에 스며드는 것 같아" "이것도 맛있군"이라고 말해주었다. 먹는 모습도 깔끔하고 느낌이 좋았다.

"고마워요. 맛있었습니다."

그가 우렁차게 인사하고 기세 좋게 일어났다. 결제를 마치고 가게 문을 열더니 멈춰 서서 돌아보았다.

"누님, 힘내구려."

그가 시마 씨의 눈을 빤히 응시했다.

"고맙습니다."

시마 씨가 동아리 활동하는 스포츠 선수처럼 인사했다.

"부인도요."

그 말을 들은 아키코가 "고맙습니다" 하고 정중하게 인사하자, 그는 고개를 끄덕이며 밖으로 나섰다.

그가 걸어가는 모습을 둘이 같이 가게 안에서 바라보며 "이런 일도 다 있네" 하고 아키코가 중얼거렸다.

"죄송합니다, 저도 모르게 흥분한 게 잘못이에요."

"그건 아니야. 우연히 생긴 사건이지. 그나저나 간사이 쪽 사람, 참 좋다. 곧바로 리액션을 하다니 천재적이야."

이 동네 사람이라면 문을 열자마자 넋을 잃고 멈춰 섰을 것이다. 그걸 멋지게 받아준 그의 반사 신경은 대단했다.

"우리는 손님 복이 있어. 그 점을 감사해야겠어."

"정말 그래요."

시마 씨가 쟁반을 주방 싱크대로 가지고 와 설거지를 시작했다. 맞은편 아주머니의 찻집에도 손님이 끊임없이 드나들었다.

쉬는 날은 일주일 분의 집안일과 묵직한 형제를 상대해야 하므로 온종일 몸을 쉬게 두지 못한다. 하여간 뭔가 하려고 하면 금방 지쳐서 의자에 앉는 횟수도 많아졌다. 잠을 자도 피로가 풀리지 않는 것 같았다.

꽃집 부인에게 그런 이야기를 하자, 이런 말을 들었다.

"당연하지. 그럴 나이가 됐어. 나는 벌써 한참 전부터 매일 피곤해 죽겠는걸. 특히 이런 장사를 하니까 겨울이 점점 힘들어서 큰일이야. 더운물을 쓸 수도 없으니까 계속 찬물에 손을 노출하잖아. 얼마 전에도 손가락 관절이 굳어서 움직이지 않는 바람에 병원까지 갔었어. 지금도 조심조심 몸을 움직이고 있어."

살아 온 연수를 생각하면 몸에 문제가 생기는 것은 당연하다. 지금까지 큰 병에 걸리지 않은 것만으로도 감사하게 생각해야 한다고 부인과 대화를 나누고 돌아왔다.

"쉬는 날을 하루 더 늘릴까?"

집에 돌아와 무릎 위에 푸짐한 형제를 앉히고 물어보았다. 물론 형제가 명확한 답변을 해줄 리도 없고 '우리한테 뭐 줄 거야?'라고 말하고 싶은 표정으로 코를 벌름거리고 있었다.

"너희는 언제나 건강하게만 있어줘."

그렇게 말하며 등을 쓰다듬자 형제가 데구루루 '배꼽 벌러덩'을 하고는 배도 쓰다듬으라는 상태가 되었다.

"네네, 알았어요."

무릎에서 거의 떨어질 듯이 누운 형제의 부드럽고 폭신폭신한 배를 쓰다듬어 주자, 형제는 "후구구, 후구웅" 하고 거칠게 콧김을 내뿜으며 버둥거렸다.

"맘에 요 동통한 앞발로 마사시를 해주면 기쁘겠는데."

고양이 앞발이 혈을 꽉 눌러주면 기분 좋을 것 같은데, 형제는 전혀 그럴 마음이 없었다.

정기 휴일 다음 날, 시마 씨가 휴일 전날보다 기운이 넘쳐 보였다.

"어제도 배팅 센터?"

사생활에 참견할 생각은 없으나, 아키코는 재료를 준비하며 무심코 시마 씨에게 물었다.

"네, 맞아요. 시오도 같이."

평소에는 '그 녀석'이나 '걔'라고 하면서 드물게도 시오라고 불렀다. 왜 '그 녀석'이 '시오'로 바뀌었는지 묻는 것은 두 사람의 관계성을 깊이 파고드는 셈이니 안 된다고 판단한 아키코는 "그랬구나. 시오 씨, 배팅 솜씨가 좀 늘었어?"라고만 물었다.

"형편없어요. 그 사람, 운동은 전혀 안 돼요."

아키코는 '이번에는 그 사람이네' 하고 생각했다. 두 사람의 관계가 멀어진 건지 가까워진 건지 알 수 없었다.

"그러는 동안 스미랑 후미는 집을 보니?"

"네, 시오도 아짱을 데리고 오니까 셋이 사이좋게 집을 봐요."

"아하, 그거 좋다."

삼색 고양이와 하얗고 까만 얼룩 고양이, 아방가르드한 고양이가 같이 어울리거나 붙어서 자는 모습을 상상하자 너무도 사랑스러웠다.

"고양이는 호불호가 심하니까. 사이가 좋아서 다행이야."

"네, 불안했는데 만나자마자 다 같이 놀기 시작했어요. 첫눈에 서로 마음에 들었나 봐요."

"정말 다행이야. 시마 씨랑 시오 씨는 사이가 좋은데 고양이들의 사이가 나쁘면 그것도 곤란하니까."

그 말을 하고서 아키코는 아차 싶었다. 오지랖 같은 소리를 했으면 어떡하나 싶어서 시마 씨를 봤는데, 얼굴이 불그스

름했다.

"사이가 좋거나 그런 건, 딱히 아닌데요……."

"그래? 그래도 같이 놀러 다니니까 마음 잘 맞는 친구지."

아키코는 최대한 연애 쪽으로 이야기가 쏠리지 않게 궤도를 수정하려고 했다. 시마 씨는 말이 없었다. 아아, 또 괜한 짓을 해버렸다고 아키코는 후회했다. 그렇다고 사과하는 것도 이상하니까 어쩌면 좋을지 고민하다가 자칫 손가락을 벨 뻔했다.

한동안 두 사람은 재료 준비에 관한 이야기 이외에는 나누지 않았고, 아키코가 닭고기 수프의 맛을 보는 동안 시마 씨는 묵묵히 서 있었다.

"어때?"

맛보기용 그릇에 수프를 담아 건네자, 시마 씨가 한 모금 먹고 "맛있어요" 하고 생긋 웃었다.

"오늘도 잘 부탁해."

"네, 잘 부탁드립니다."

시마 씨도 꾸벅 인사하고, 둘의 하루를 시작했다.

경쟁점의 영향 없이 손님 수는 전과 다르지 않게 안정되었고, 딱 적당히 바쁘게 하루가 끝났다. 같이 설거지하다가 시마 씨가 "저기, 이럴 때 말씀드려도 될지 모르겠는데요"하고 불쑥 말했다.

말투가 심각해서 아키코는 설마 가게를 그만두려나 싶어 놀라서 시마 씨를 봤다.

"응, 괜찮은데. 좋은 이야기? 나쁜 이야기?"

그 말 이외에는 뭐라고 할 수 없었다. 그러자 시마 씨는 한참 으음, 하고 생각하더니 "일반적으로는 좋은 이야기일지도 모르는데…… 저한테는 나쁜 이야기가 될지도 몰라요"라고 말했다.

아키코는 시마 씨의 얼굴을 지그시 바라보았다.

"저기, 시오랑 결혼하게 되어서……."

시마 씨가 얼굴을 새빨갛게 붉히고 말했다.

"어머, 정말? 축하해. 전혀 나쁜 이야기가 아니잖아."

"그런가요. 이런 게 좋은 일일까요."

"당연히 축하할 일이지. 다행이야. 시오 씨는 좋은 사람이니까 나도 기쁘다."

"네, 고맙습니다."

시마 씨가 부끄러워했다.

"결혼을 발표한 여자 연예인이 종종 하는 말인데, 저 임신은 안 했어요."

아키코가 아하하 웃었다.

"그거야 앞으로 있을지도 모를 일이지만, 정말 잘됐어. 부모님께 말씀드렸어?"

"아니요, 아직이요. 제일 먼저 아키코 씨한테 말씀드리고 싶었어요."

부모님보다 자길 우선해준 것이 고마워서 아키코는 울 뻔했다. 어제 시오 씨와 함께 배팅 센터에 갔을 때, 그를 '녀'라고 부르는 건 그만둬야겠다고 생각했다고 했다. 시마 씨의 강력한 에어 투구를 받은 오사카 남성이 해줬던 힘내라는 말 한마디가 정말 기뻤다. 입에서 나온 말 한마디 한마디가 아주 중요하다는 것을 알고, 시오 씨를 '그 녀석'이나 '너'라고 함부로 부르는 걸 그만둬야겠다고 반성했다. 지금까지 '너'라고 불리는 데 익숙했던 그는 그날 계속 "시오"라고 불리자 몸 안의 어떤 스위치가 켜졌나 보다. 배팅 센터에서 나온 뒤에 간 노래방에서 "나랑 결혼해서 평생 같이 있어줄 거지"라고 노래를 부르며 청혼했다는 것이다.

"무슨 노래였는데?"

"MISIA의 Everything이요. 불러본 적도 없으면서 그런 어

184

려운 노래를 죽을 기세로 부르다가 산소 결핍이 되었어요. 역시 기본적으로 바보일까요?"

"그럴 리 있겠어? 시마 씨에 대한 사랑에 벅차오른 거지."

아키코는 자기 일처럼, 아니 그 이상으로 기뻐했다. 이어서 지금 여기에서 부모님에게 보고하면 어떻겠느냐고, 자기도 축하한다는 말씀을 드리고 싶다고 제안했다. 시마 씨는 처음에는 사양했으나, 결국 그러겠다고 하고 부모님에게 전화를 걸었다. 옆에 붙어 있으면 말하기 어려울 테니까 플로어에 시마 씨를 두고 아키코는 주방에 있었다.

"잘 부탁드립니다."

잠시 후, 시마 씨가 전화를 건넸다. 아키코는 지금까지 부모님에게 제대로 인사하지 못한 점을 사과하고, 시마 씨의 결혼이 정해진 것을 축하했다. 아버지는 저런 딸과 결혼해줄 남성이 있는 것만으로도 고마운 일이라고 기뻐했다. 시오 씨는 아주 좋은 사람이라고, 자기가 보증한다고 아키코가 말하자 옆에서 시마 씨가 연신 고개를 꾸벅였다.

"아버지, 뭐라고 하셨어?"

전화를 끊고 아키코가 물었다.

"농담하려거든 더 재미있는 소리를 해. 나는 바쁘니까, 라고 하셨어요."

"아니, 시오 씨랑 사귄다고 말씀 안 드렸어?"

"안 했어요. 언제 헤어질지 모르니까요."

"어머니는?"

"어머, 큰일이네. 너 웨딩드레스 입을 수나 있니, 라고."

"입을 거야?"

"안 입어요. 결혼식도 안 할 거고요."

"그래도 부모님은 결혼식을 제대로 해주길 원하지 않으실 까?"

"어떨까요. 그래도 저는 그런 거 안 어울려요. 또 그 녀석은 소심하니까 틀림없이 결혼식 도중에 쓰러질 거예요."

'그 녀석'이 부활했다. 아키코도 시마 씨가 말한 일이 벌어 질지도 모른다고 공감했다.

"저는 사실혼에 별거를 희망하는데요."

시마 씨는 진지한 표정이었다. 아키코는 시오 씨라면 시마 씨와 혼인 신고를 하고 동거하기를 원하지 않을까, 하고 그의 심중을 헤아렸다.

"고양이와 동거하는 건 괜찮은데, 그 녀석과 동거는 석 달 에 한 번 정도면 좋아요."

시마 씨가 이렇게 모질게 구는데 시오 씨와 계속 사이가 좋은 것을 보면 둘 다 어지간한 인연인가 보다.

"둘이 같이 잘 의논해봐."

"그러게요. 너무 귀찮네요."

시마 씨가 머리를 긁적였다.

"저기, 시마 씨. 우리 가게에서 계속 일해줄 거지?"

아키코가 조심스럽게 물었다.

"네, 물론이죠."

"나도 최대한 가게를 제대로 운영하려고 노력할 테니까. 이제 시마 씨가 없는 우리 가게는 상상이 안 돼. 물론 아기가 태어나면 출산 휴가도 줄 거고, 얼마든지 여유롭게 몸을 회복해도 돼."

자신을 둘러싼 환경은 앞으로 그다지 변하지 않겠지만, 시마 씨는 얼마든지 달라질 가능성이 있다. 그 안에 이 가게를 넣어주길 원하는 것이 너무도 자기 위주의 바람인 것을 아키코는 잘 알고 있었다. 그래도 시마 씨에게 확인해두고 싶었다.

"만약 그렇게 되면 아기를 등에 업고 일할게요."

시마 씨가 생긋 웃었다.

"고마워. 그럼 내일 또 봐. 시오 씨한테 안부 전해줘."

"네, 먼저 실례하겠습니다."

시마 씨가 인사하고 가게에서 나갔다. 아키코는 자기도 모르게 밖으로 쫓아가 시마 씨의 뒷모습을 배웅했다.

"저 아가씨, 퇴근이야?"

찻집 아주머니가 가게에서 나와 아키코의 시선이 향한 곳을 바라보았다.

"웬일이야? 아키코가 배웅하러 나오고. 설마 그만뒀어?"

"아니요, 그긴 아니에요."

아주머니가 안도한 표정을 지었다.

"있지, 저 친구 뒷모습, 가방을 메고 있잖아. 저 모습을 이렇게 축소해서 조그맣게 하면, 초등학생 때 책가방을 멘 아키코랑 똑같아."

"네? 저랑요?"

"응. 아키코, 걸어갈 때 자기 뒷모습은 본 적 없지? 뭐, 나도 없지만. 등을 쫙 펴고 앞을 똑바로 보며 걷는 느낌이 닮았어."

"그런가요?"

"응, 늘 생각했어. 체격은 전혀 다른데 걷는 모습이 닮았다고. 가요 씨와 아키코의 걷는 모습은 전혀 달랐는데."

아키코는 걷다가 금방 주변의 가게에 정신이 팔려 이리 갔다가 저리 갔다가 하며 구불거리는 습관이 있었던 엄마의 걷는 모습을 떠올렸다.

"신기하네, 타인인데."

아키코는 인파에 뒤섞여 멀어지는 시마 씨의 뒷모습을 바라보았다. 예상치 못한 이야기를 들어서 기쁨이 차올랐다.

"정말 그러네요. 앞으로도 시마 씨와 아주머니의 도움을 받아 열심히 가게를 꾸려 나가고 싶어요."

아키코가 말하자 찻집 아주머니가 감개무량한 듯이 중얼거렸다.

"드디어 여기까지 왔네. 아주 긴 여정이었어. 욕심 없는 아가씨가 드디어 가게 주인다운 자각이 생겼군."

"아니요, 지금까지의 방침을 바꾸진 않을 건데요."

"뭐, 그건 아키코의 방식이니까 그렇게 해. 나도 노구에 채찍질하며 해봐야지."

"잘 부탁드립니다."

아키코가 마음을 담아 말했다.

"응, 나야말로 잘 부탁해. 아, 손님이다, 그럼."

아주머니가 서둘러 찻집으로 달려갔다. 아키코도 셔터를 내리고 집으로 돌아가 평소처럼 묵직한 형제의 돌진을 받아

냈다.

"너희를 데리고 와준 누나한테 아주 좋은 일이 생겼어."

아키코가 말을 걸어도 형제는 자기들 밥과 관련한 일이 아닌 걸 알았는지 입을 모아 "우아옹, 우아옹", "우냐앙, 우냐아앙" 하고 주인의 말을 가로막으며 계속 절규했다.

"네네, 알았습니다."

아키코가 형제의 밥을 준비하기 시작하자, 형제는 부엌 싱크대 아래쪽의 문에 앞발을 딛고 일어났다. 둥그린 눈을 크게 뜨고서 아주 필사적인 형상이다.

"다음에 누나랑 만나면 축하한다고 말해야 한다."

그러나 형제는 아키코의 말 따위 완전히 무시했다. 기다리고 기다리던 밥이 눈앞에 나올 때까지 "와아아옹", "우아아옹" 하고 언제까지나 온몸으로 울부짖으며 아키코의 입가에 황당하다는 미소를 짓게 했다.

빵과 수프,
고양이와
함께하기 좋은 날_셋

초판 1쇄   2023년 3월 29일

지은이   무레 요코
옮긴이   이소담

펴낸이   이나영
펴낸곳   북포레스트
등록   제406-2018-000143호
주소   (10871) 경기도 파주시 회동길 37-20 202호
전화   (031) 941-1333
팩스   (031) 941-1335
메일   bookforest_@naver.com
인스타그램   @_bookforest_

ISBN 979-11-92025-16-2 03830